CW01034983

David Foenkinos

Le potentiel érotique de ma femme

Gallimard

David Foenkinos est l'auteur de plusieurs romans dont *Le potentiel érotique de ma femme*, *Nos séparations*, *Les souvenirs* et *Je vais mieux*. *La délicatesse*, paru en 2009, a obtenu dix prix littéraires. En 2011, David Foenkinos et son frère Stéphane l'ont adapté au cinéma, avec Audrey Tautou et François Damiens. Ils ont également réalisé le film *Jalouse*, avec Karin Viard. En 2014, *Charlotte* a été couronné par les prix Renaudot et Goncourt des lycéens. Les romans de David Foenkinos sont traduits en plus de quarante langues.

À Victor

Comment t'atteindre, onde sensuelle,
Toi qui me donnes des ailes...

M

En vain la raison me dénonce la dictature
de la sensualité.

LOUIS ARAGON

Première partie

UNE SORTE DE VIE

I

Hector avait une tête de héros. On le sentait prêt à passer à l'acte, à braver tous les dangers de notre grosse humanité, à embraser les foules féminines, à organiser des vacances en famille, à discuter dans les ascenseurs avec des voisins, et, en cas de grande forme, à comprendre un film de David Lynch. Il serait une sorte de héros de notre temps, avec des mollets ronds. Mais voilà qu'il venait de décider de se suicider. On avait vu mieux comme héros, merci. Un certain goût pour le spectacle lui avait fait opter pour le métro. Tout le monde saurait sa mort, ce serait comme l'avant-première médiatique d'un film qui ne marchera pas. Hector chancelait gentiment tout en écoutant, par politesse, les recommandations sonores en vue de ne pas acheter son billet à la sauvette ; au cas où il se raterait, ce serait utile de s'en souvenir. On ne connaissait rien de lui, alors on l'espérait un peu ce ratage, au moins pour savoir s'il faut se fier à la tête des gens. C'est fou, cette tête de héros. Il commençait à voir flou, des pilules ayant pour but une action soporifique avaient été ingurgitées avant l'échéance. On mourait mieux endormi. Finalement, ce fut une chance puisque Hector nous fit un malaise. Dans son œil, on ne voyait rien. Il fut découvert gisant dans les couloirs du métro, plus près de Châtelet-Les Halles que de la mort.

Son corps affalé ressemblait à un avortement. Deux brancardiers aux têtes de sportif dopé (mais les têtes, on s'en méfie maintenant) vinrent le délivrer de tous ces yeux de travailleurs ravis de voir pire situation que la leur. Hector ne pensait qu'à une chose : en ratant son suicide, il venait de se condamner à vivre. Il fut transféré dans un hôpital où l'on venait de refaire la peinture ; logiquement, on pouvait lire partout « peinture fraîche ». Il allait s'ennuyer quelques mois dans ce service dédié aux convalescents. Très vite, son seul plaisir fut un cliché : observer l'infirmière en rêvant vaguement de lui caresser les seins. Il s'endormait sur ce cliché, juste avant d'admettre la laideur de cette infirmière. Il végétait dans un état où la disgrâce semblait mythique. Ce jugement paraissait sévère ; cette infirmière pouvait être sensuelle entre deux prises de morphine. Et il y avait ce docteur qui passait, de temps à autre, comme on passe à une soirée. Les rencontres excédaient rarement la minute, il fallait avoir l'air pressé pour soigner une réputation (c'était bien la seule chose qu'il soignait). Cet homme incroyablement bronzé lui demandait de tirer la langue pour conclure qu'il avait une belle langue. C'était bon d'avoir une belle langue, on se sentait bien avec une belle langue, ça lui faisait une belle jambe à Hector. Il ne savait pas trop ce qu'il attendait, c'était un grand dépressif qui gémissait au fond de l'entonnoir. On lui proposa de contacter de la famille ou des amis si monsieur avait la chance d'en avoir (discrètement, on évoqua la possibilité d'en louer). Ces options furent éconduites par un silence peu poli, passons. Hector ne voulait voir personne. Plus précisément, et comme tout malade, il ne voulait voir personne le voir tel qu'il était. Il avait honte d'être un bout d'homme entre le rien et le moins que rien. Il lui arrivait d'appeler un ami en lui faisant croire qu'il était à l'étranger, merveilleux ce Grand Canyon, quelles crevasses ; et il raccrochait, alors que c'était lui, le Grand Canyon.

L'infirmière le trouvait sympathique, elle lui avait même dit que c'était un homme *original*. Est-ce qu'on peut coucher avec une femme qui nous trouve original ? Voilà une question majeure. A priori, non : disons que les femmes ne couchent jamais, c'est tout. Elle s'intéressa à son histoire ; enfin, ce qu'elle savait de son histoire, c'était son dossier médical. C'est peu dire qu'il existait des accroches plus glorieuses. Existe-t-elle cette femme qui vous offrira son corps parce qu'elle aime votre façon de ne jamais manquer le rappel du DT Polio ? Oh, vous m'excitez, homme précis des vaccins. Souvent, l'infirmière se grattait le menton. Dans ces cas-là, elle se prenait pour le docteur ; il faut dire qu'il y avait de l'espace pour le rôle. Elle venait alors tout près du lit d'Hector. Elle avait tout de même une façon érotique de passer et repasser sa main sur le drap blanc, ses doigts si soignés étaient des jambes dans un escalier, ils arpentaient la blancheur.

On libéra Hector au début du mois de mars, finalement le mois n'avait aucune importance, rien n'avait d'ailleurs d'importance. La concierge, une femme dont plus personne ne pouvait estimer l'âge, fit semblant de s'être inquiétée de l'absence du locataire. Vous savez, cette façon d'être faussement inquiet, cette façon de se rêver en 1942, avec une voix si aiguë qui, tout près d'une voie, ferait dérailler un train.

« Monsieur Balanchiiine, quel plaisir de vous revoir. C'est que moi, je m'inquiéééétais... »

Hector n'était pas dupe ; comme il avait été absent plus de six mois, elle essayait de gratter les étrennes du dernier Noël. Ne voulant pas prendre l'ascenseur, surtout par angoisse de croiser un voisin et de devoir expliquer sa vie, il se traîna dans les escaliers. Son souffle fort fut entendu, et on s'agglutina aux œils-de-bœuf. Sur son passage, on ouvrit des portes. Nous n'étions même pas dimanche, cet immeuble était d'une épuisante oisiveté. Et il y avait toujours un voisin alcoolique — avec qui on a autant de points communs que deux droites parallèles entre elles — qui vous forçait à passer chez lui. Tout ça pour se demander trois fois « comment ça va », et répondre trois fois « ça va, et toi comment ça va ? ». Insupportable familiarité ; quand on sort de convalescence, on aimerait habiter en Suisse. Ou, mieux, être une femme dans un harem. Il prétexta une douleur au foie pour pouvoir rentrer chez lui, alors forcément le voisin lui demanda : « T'as quand même pas ramené une cirrhose de ton voyage ? » Hector esquissa un sourire et continua son périple. Enfin, il ouvrit la porte, et appuya sur l'interrupteur pour que la lumière fût. Rien n'avait bougé, forcément. Il semblait pourtant à Hector que plusieurs vies avaient passé ; on respirait la réincarnation. La poussière avait veillé sur le lieu, avant de s'ennuyer au point de se reproduire.

La nuit tomba, comme tous les soirs. Il se prépara un café, histoire de conférer un air de normalité à son insomnie. Assis dans sa cuisine, il écoutait les chats traîner dans les gouttières ; il ne savait que faire. Il pensa à tout le courrier qu'il n'avait pas reçu. Son regard se posa sur un petit miroir acheté dans une brocante, il se souvenait parfaitement de cette brocante, et ce souvenir aussitôt l'effraya. La fièvre éprouvée le jour de l'achat le parcourut à nouveau, comme on sent l'odeur d'une personne en contemplant sa photo. Il devait surtout ne pas y penser, tout ça était fini ; il était guéri. Plus jamais il n'irait dans une brocante acheter un miroir. Il s'observa un instant. Son visage, après ces six mois de convalescence, lui paraissait différent. Le futur, pour la première fois de sa vie, il l'imaginait stable ; bien sûr, il se trompait. Mais personne ici ne voulait — encore — le contrarier dans l'illusion de cet épanouissement. Et avant d'avancer vers ce futur, on pouvait s'attarder sur ce passé moins que parfait.

II

Hector venait de vivre le plus grand moment de sa vie ; alors qu'il ne s'y attendait pas le moins du monde, il s'était retrouvé nez à nez avec un badge « Nixon is the best » datant de la campagne électorale pour les primaires républicaines de 1960. Il fallait savoir qu'après le scandale du Watergate, les badges de campagnes électorales concernant Nixon demeuraient relativement rares. Son nez glamour remuait délicatement comme les paupières d'une adolescente dont les seins poussent plus vite que prévu. Grâce à cette découverte, il était en mesure de remporter le concours national du meilleur détenteur de badge de campagne électorale. C'est une chose que nous savons peu (c'est un réel plaisir de partager nos connaissances), mais il existe des concours de collectionneurs. On s'affronte en timbres rares et pièces de monnaie dans une ambiance aussi festive que poussiéreuse. Hector s'était inscrit dans la catégorie badges, catégorie étonnamment relevée cette année-là (la raison étant la recrudescence d'amateurs de Pin's qui cassèrent, à cette époque, lamentablement le marché ; beaucoup de puristes se rabattirent sur le badge). Il fallait avoir du solide pour espérer atteindre les quarts de finale. Hector ne sourcillait pas, il savait sa supériorité et, dans un coin douillet de sa mémoire, revivait le moment de l'immense découverte. Il marchait, les mains devant, les mains comme des antennes, la fièvre dans les pas, le collectionneur est un malade qui cherche en permanence sa guérison. Depuis deux jours, il errait frénétiquement, en manque d'un badge ; cela faisait six mois qu'il était focalisé sur les badges, six mois d'une passion folle, six mois où sa vie n'avait été que badge.

Il faut toujours se méfier des Suédois qui ne sont pas blonds. Hector était impassible, le badge « Nixon is the best » pouvait être dégainé à tout instant face au regard lumière du Suédois ; regard qui faisait penser au taux de suicide en Suède. Si son nom restait impossible à garder en mémoire, nous n'oublions pas sa sublime performance de l'année précédente car monsieur est champion en titre des collectionneurs de badges de campagnes électorales. Dans le civil, le Suédois était pharmacien dans une pharmacie en Suède. On disait qu'il avait hérité de cette profession ; souvent la vie professionnelle des collectionneurs ressemble à un costume trop grand. Quant à leur vie sexuelle, elle est calme comme un cancre pendant les vacances scolaires. Collectionner est l'une des rares activités qui ne reposent pas sur la séduction. Les objets accumulés sont des remparts qui ressemblent aux œillères des chevaux. Seules les mouches peuvent voir de près la tristesse froide qui s'en dégage. Cette tristesse qu'on oublie dans l'euphorie d'une compétition. Le Suédois, en cet instant, était en train d'oublier le mot même de médicament. Ses parents qui l'avaient élevé avec l'amour d'une seringue pour une veine n'existaient plus. Le public retenait son souffle, c'était l'une des finales les plus palpitantes qu'il nous était donné de vivre. Hector croisa le regard du Polonais qu'il avait éliminé en demi-finale ; on sentait des boules dans sa gorge, preuve qu'il n'avait pas digéré sa défaite. Comment avait-il pu croire un seul instant accéder à la finale avec un badge de Lech Wałęsa ? Le Suédois ne se laissait perturber que par son niveau intellectuel, c'était calme. Il frottait de temps à autre ses tempes, on sentait trop le petit truc qui cherche à déstabiliser, le petit truc minable qui atteindrait notre Hector. Ridicules tentatives, notre Hector était solide, des années de collections, il était sûr de son Nixon ; ça lui aurait sûrement fait chaud au cœur, à Nixon, de savoir qu'un Hector allait gagner quelque chose grâce à lui. Cela ne pèserait certes pas grand-chose dans les livres d'histoire, et il était peu probable que la performance de ce soir empiéterait sur la surpuissance négative du Watergate. Pourtant, les choses ne furent pas si simples (se méfier des Suédois qui ne sont pas blonds). Le saligaud sortit un badge des Beatles. Le public étouffa un rire, mais loin d'être déstabilisé, le Suédois expliqua qu'il s'agissait d'un badge de campagne électorale pour être élu à la tête du *Sergent Pepper Lonely Hearts Club Band*. Le misérable avait dû avoir des informations concernant le bijou d'Hector et n'avait trouvé d'autre parade que d'embrouiller le jury ; quelle vermine suédoise. Et son plan était en train de fonctionner puisque le jury (à vrai dire, il s'agissait d'un homme barbu) esquissa un sourire. Hector s'insurgea, mais d'une manière somme toute ridicule puisqu'il ne savait pas très bien s'insurger ; il serra les dents, en quelque sorte. Avouons tout de suite la mascarade : on trouva très originale la tentative du fourbe, et l'on déclara Hector perdant. Il fut assez digne, fit un mouvement de tête discret en direction du vainqueur et quitta la salle.

Seul, il se mit à pleurer. Non pas de sa défaite, il avait déjà eu tant de hauts et de bas, il savait qu'une carrière était remplie de ces moments. Non, il pleurait du ridicule de la situation, perdre face aux Beatles ; c'était risible, alors il pleurait. Cet instant ridicule le ramenait au ridicule de sa vie ; pour la première fois, il sentit une force le poussant à changer, une force lui permettant de rompre avec ce processus fou de la collection. Toute sa vie, il n'avait été qu'un cœur battant au rythme des découvertes. Il avait collectionné les timbres, les diplômes, les peintures de bateaux à quai, les tickets de métro, les premières pages des livres, les touilleurs et piques apéritif en plastique, les bouchons, les moments avec toi, les dictons croates, les jouets Kinder, les serviettes en papier, les fèves, les pellicules photo, les souvenirs, les boutons de manchette, les thermomètres, les pieds de lapin, les registres de naissance, les coquillages de l'océan Indien, les bruits à cinq heures du matin, les étiquettes de fromage, bref, il avait tout collectionné, et, à chaque fois, avec la même excitation. Son existence respirait la frénésie ; avec toutes les périodes d'euphorie pure et d'extrême dépression que cela pouvait impliquer. Il ne se souvenait pas d'un seul moment de sa vie où il n'avait rien collectionné, où il n'avait pas été à la recherche de quelque chose. Pourtant, à chaque nouvelle collection, Hector pensait toujours qu'elle serait la dernière. Mais systématiquement, il découvrait dans son assouvissement les sources d'un nouvel inassouvissement. En quelque sorte, il était un don Juan de la chose.

*

Parenthèse.

Cette dernière image est la plus juste. On dit souvent qu'il existe des hommes à femmes, on peut considérer qu'Hector est un homme à objets. Bien loin de comparer la femme à l'objet, nous notons toutefois d'évidentes similitudes, et les angoisses de notre héros pourront se refléter dans les angoisses des infidèles, et de tous les hommes transpercés par la rareté féminine. Finalement, c'est l'histoire d'un homme qui aimait les femmes... Quelques exemples : il arrivait à Hector d'être partagé entre deux collections ; après six mois d'une vie consacrée aux étiquettes à fromage, il pouvait subitement avoir un coup de foudre pour un timbre rencontré par hasard, et être dévoré par la pulsion de tout quitter pour cette nouvelle passion. Certaines fois, le choix était physiquement impossible et Hector vivait des mois d'angoisse à jongler entre deux vies. Il fallait alors développer les deux collections dans des coins opposés de l'appartement, et ménager les susceptibilités de chaque pièce de collection ; Hector conférait des attitudes humaines à ces objets, et il n'était pas rare qu'il surprenne la jalousie d'un timbre à l'égard d'un acte de naissance. Certes, il s'agissait des périodes où sa santé mentale laissait le plus à désirer.

Par ailleurs, chaque collection appelait une émotion différente. Certaines, comme les pages d'un livre, étaient plus sensuelles que d'autres. Il s'agissait de collections dites sensibles, d'une grande pureté, des collections qui, une fois disparues, se transformaient en fabuleuses sources de nostalgie. Et d'autres collections plus charnelles, des collections d'un soir en quelque sorte, qui touchaient des sphères plus brutales, et physiques ; il en était ainsi, par exemple, des piques apéritif. On ne fait pas sa vie avec un pique apéritif.

*

Bien sûr, il avait essayé de se soigner, de s'empêcher de commencer une collection, de se sevrer ;
rien à faire, c'était plus fort que lui, il ressentait un
coup de foudre pour une chose et éprouvait un besoin
irrépressible de l'accumuler. Il avait lu des livres ;
tous racontaient la possibilité de refouler ou d'exor-
ciser une peur de l'abandon. Certains enfants légèrement délaissés par leurs parents se mettent à collectionner pour se rassurer. L'abandon est un temps
de guerre ; on a si peur de manquer qu'on accumule.
Dans le cas d'Hector, on ne pouvait pas dire que ses
parents l'avaient délaissé. On ne pouvait pas dire,
non plus, qu'ils l'avaient surcouvé. Non, leur attitude
végétait à mi-chemin entre ces deux attitudes, dans
une sorte de mollesse intemporelle ; regardons.

III

Hector avait toujours été un bon fils (nous avons
vu et, pour certains, apprécié la nette discrétion
avec laquelle il s'était suicidé ; il y avait du chic dans
cette façon de faire croire qu'il était aux États-Unis).
C'était un bon fils soucieux de rendre heureux ses
parents, de les bercer dans l'illusion de son épanouissement. Devant leur porte, Hector peaufinait son
sourire. Ses yeux étaient cernés par des cernes.
Quand sa mère ouvrit, elle ne vit pas son fils tel qu'il
était mais tel qu'elle l'avait toujours vu. Si nos rela-
tions familiales sont des films vus du premier rang

(nous ne voyons rien), les parents d'Hector rentraient carrément dans l'écran. À partir de là, on pourrait établir un parallèle entre le besoin de collectionner et la volonté de se faire grossièrement remarquer comme *être changeant* (on pourrait tout simplement dire *vivant*).

Nous gardons cette hypothèse pour plus tard.

D'une manière générale, nous garderons toutes les hypothèses pour plus tard.

Cette attitude qui consistait à ne pas casser le mythe du fils épanoui impliquait des difficultés et un travail redoutable sur soi. Ces choses sont plus simples à imaginer qu'à accomplir. Faire croire qu'on est heureux est quasiment plus difficile que de l'être réellement. Plus il souriait, plus ses parents se détendaient ; ils étaient fiers d'avoir un fils heureux et gentil. Ils se sentaient aussi bien qu'avec un appareil électroménager humiliant la date limite de garantie en prenant des poses d'éternel viager. Aux yeux de ses parents, Hector était une marque allemande. Aujourd'hui, c'est plus dur que jamais, la confidence du suicide est au bord de ses lèvres semi-bleues, pour une fois, il aimerait ne plus jouer la comédie, être un fils devant ses parents, pleurer des larmes si grosses qu'elles emporteraient, dans un torrent, la douleur. Rien à faire, un sourire sur son visage fait barrage et entrave comme toujours la vérité. Ses parents se passionnaient toujours pour tout ce que faisait leur fils. Enfin, le mot *passion* était pour eux un sentiment éclair, une sorte d'orgasme du sourire. « Ah bon ? Tu as trouvé un nouveau porte-savonnette... C'est fabuleux ! » Et voilà, on s'arrêtait là. C'était un enthousiasme réel (Hector ne l'avait jamais remis en question), mais qui s'apparentait au pic d'une montagne russe ; après, on chutait violemment dans le silence. Non, ce n'est pas tout à fait juste : il arrivait à son père de lui tapoter le dos, pour lui exprimer toute sa fierté. Hector, dans ces moments-là, avait envie de le tuer ; sans trop savoir pourquoi.

Hector mangeait chez ses parents même quand il n'avait pas faim (c'était un bon fils). Les repas se déroulaient dans un calme à peine perturbé par le lapement de la soupe. La mère d'Hector aimait tant faire de la soupe. Parfois, il faudrait simplement réduire ce que nous vivons à un ou deux détails. Ici, dans cette salle à manger, personne ne pouvait éviter d'être happé par l'horloge. Bruit d'une lourdeur terrifiante, et dont la précision due à la précision du temps pouvait rendre fou. C'était ce mouvement qui ponctuait les visites. Ce mouvement lourd du temps, et la toile cirée. Mais avant la toile cirée, restons encore sur l'horloge. Pourquoi les retraités adorent-ils autant les horloges bruyantes ? Est-ce une façon de savourer les derniers croûtons, de sentir passer les ultimes et lents moments d'un cœur qui bat ? On pouvait tout chronométrer chez les parents d'Hector ; jusqu'au temps qu'il leur restait à vivre. Et la toile cirée ! C'est incroyable cette passion de tous ces vieux pour la toile cirée. Les miettes de pain s'y sentent si bien. Hector souriait gentiment pour signifier que le repas était bon. Son sourire faisait penser à une dissection de grenouille. Il fallait bien écarter le tout, être grossier dans ses habitudes, accentuer les traits comme si on sortait tout droit d'un tableau pop art. Ce sont les particularités des enfants tardifs, cette absence bien sympathique de finesse. Sa mère avait quarante-deux ans à sa naissance, et son père presque cinquante.

Quelque part une génération avait été sautée.

Hector avait un grand frère, de vingt ans son aîné, c'était un très grand frère donc. On pourrait en déduire que ses parents se positionnaient à l'exact opposé de l'obsession d'accumulation. Ils avaient envisagé de procréer Hector (ce qui donne matière à ce récit, remercions au passage cette initiative), le jour où Ernest (le frère en question) quittait le foyer familial. Un enfant à la fois, et si la ménopause n'était pas venue faucher ce bel élan théorique, Hector aurait un cadet ou une cadette qu'on aurait sûrement appelé(e) Dominique. Cette conception de la famille passait pour originale, et comme souvent dans tout ce qui paraît original, rien ne l'est. Nous étions dans une sphère assez peu excitante, une sphère où il faut du temps pour comprendre les choses. Cela surpasse tous les éloges de la lenteur. Pour schématiser : Ernest était né, il avait fait le bonheur de ses parents et, lors de son départ, ils avaient pensé : « Tiens, c'était bien... Et si nous en faisions un autre ? » C'était aussi simple que ça. Les parents d'Hector ne se concentraient jamais sur deux choses à la fois. Ernest fut très choqué en apprenant la nouvelle, lui qui, durant toute son enfance, avait rêvé d'avoir un frère ou une sœur. Nous aurions pu considérer que faire un enfant au moment où il partait relevait du sadisme, mais comme nous connaissions les parents d'Hector, nous savions que ce n'était pas leur genre, le sadisme.

Une fois par semaine, Hector voyait son grand frère quand il venait manger la soupe familiale. On se sentait bien à quatre. Il y avait une ambiance de quatuor de Bach, la musique en moins. Malheureusement, les repas ne duraient pas plus longtemps qu'à l'habitude. Ernest parlait de ses affaires, et personne ne savait jamais les bonnes questions à lui poser pour allonger son passage. Il y avait une certaine nullité dans l'art de la rhétorique et de la relance interrogative. La mère d'Hector, cette fois-ci, nommons-la par son prénom, Mireille (en écrivant ce prénom, on a comme l'impression d'avoir toujours su qu'elle s'appelait Mireille ; tout ce que nous avions appris sur elle relevait terriblement d'une ambiance de Mireille), versait sa larme quand son grand fils partait. Hector fut longtemps jaloux de cette larme. Il comprit qu'on ne pleurait pas pour lui parce qu'il revenait très vite : pour une larme, il fallait au moins se séparer deux jours. On aurait presque pu recueillir la larme de Mireille et, en la pesant, savoir exactement quand Ernest reviendrait ; oh, ça c'est une larme de huit jours ! Une grosse larme, et dans cette larme qui est la bulle des vies dépressives, Hector se projette à nouveau dans notre temps présent, temps de l'incertitude narrative, pour être face à une atroce désillusion : alors qu'il est adulte et qu'il vient laper la soupe une fois par semaine, sa mère ne pleure pas pour lui. Soudain, cette larme qui ne pèse rien devient le plus gros poids que son cœur ait jamais eu à supporter. Nous sommes face une évidence, sa mère préfère son frère. De manière étrange, Hector se sent presque bien ; il faut le comprendre, c'est la première fois de sa vie qu'il se trouve face à une évidence.

Notre héros sait parfaitement que ce qu'il vient de ressentir est faux ; c'est une lucidité appréciable. Ses parents ont une gamme de sentiments hyper-restreinte. Ils aiment tout le monde pareil. C'est un amour simple qui va de l'éponge à leur fils. Ce bon fils, en s'imaginant être la victime d'une non-préfé-rence, avait voulu prêter à ses parents des intentions perfides, un peu de haine même. Certains jours, il avait rêvé que son père lui donne une bonne paire de baffes ; l'image d'une marque rouge sur sa peau lui aurait permis de se sentir vivant. À une époque, il avait pensé provoquer des réactions chez ses parents en devenant un enfant à problèmes ; il n'avait jamais osé, finalement. Ses parents l'aimaient ; à leur façon certes, mais ils l'aimaient. Alors, il devait incarner coûte que coûte son rôle de bon fils.

*

Parenthèse sur le père d'Hector afin de savoir pourquoi sa vie n'est que moustache, et esquisse d'une théorie considérant notre société comme exhibitionniste.

Son père soupirait de temps à autre, et c'est dans ces soupirs que l'on pouvait puiser la quintessence de son implication dans l'éducation de son fils. Au fond, c'était mieux que rien. Ce père (allons-y carrément, ce Bernard) avait très vite porté la moustache. Ce n'était pas du tout, comme bon nombre de gens pourraient le croire, une attitude désinvolte : il y avait du réfléchi dans cette moustache, presque un acte de propagande. Pour comprendre ce Bernard, autorisons-nous une courte halte, ce sera le temps d'un soupir. Le père de Bernard, né en 1908, était mort héroïquement en 1940. Le mot héroïque est un grand manteau, on peut tout y fourrer. Les Allemands n'avaient pas encore attaqué, la ligne Maginot était toujours vierge, et le père de Bernard faisait siège avec son régiment dans un petit village de l'Est. Petit village où vivait une femme de cent cinquante-deux kilos qui pensait bien pouvoir profiter du passage d'un régiment. Si les hommes ne voulaient pas d'elle habituellement, elle avait toutes ses chances en temps de guerre, en temps d'abstinence. Bref, le père de Bernard décida d'attaquer la montagne, et d'un glissement de drap, dans un retourné dont nous n'osons imaginer l'horreur, il y eut ce qu'on appelle communément un étouffement. Cette histoire, chut, on l'avait épargnée à la famille, en maquillant le tout du mot héroïque. Son fils n'avait que dix ans. Bernard fut donc élevé dans le culte de son héros de père, et dormait sous un portrait qui recouvrait celui de la Vierge. Chaque soir et chaque matin, il bénissait ce visage arrêté par la mort, ce visage pourvu de moustaches si pleines de vitalité. Nous ne savons pas exactement à quel moment se produisit le dérèglement cérébral qui fit que Bernard fut, pour toute sa vie, marqué par les moustaches de son père. Il pria pour ne plus être imberbe, et sanctifia ses premiers poils. Quand son visage eut l'honneur d'accueillir une moustache digne, il se sentit devenir homme, devenir son père, devenir héroïque. Avec l'âge, il s'était détendu, et ne s'énervait pas de constater un terrain vierge au-dessus des lèvres de ses fils ; chacun vivait la vie de poil qu'il voulait vivre. Bernard pensait que tous les hommes étaient devenus imberbes, et qu'il s'agissait d'une manœuvre de notre société actuelle. Il aimait à répéter que *nous vivons dans l'époque la moins moustache qui soit.* Notre société coupe le poil, c'est de la pure exhibition ! criait-il. Et toujours, après ces excitations verbales, il retournait à ses pensées intimes encombrées par le rien.

*

Pendant son adolescence si peu boutonneuse, Hector rendait régulièrement visite à son frère. Il cherchait auprès de lui des conseils pour mieux comprendre leurs parents. Ernest lui disait qu'il n'existait pas de mode d'emploi, mis à part, peut-être, de faire croire qu'on adorait la soupe de maman. Il ne fallait pas hésiter même à faire quelques incursions dans le domaine peu respectable de la flagornerie quand on voulait aller dormir chez un ami (« je crois que je vais devoir emporter un thermos de ta soupe, maman »). Seulement, Hector n'avait pas d'amis ; tout du moins, des amis chez qui dormir. Ses rapports se limitaient souvent à des échanges de cartes de jeu dans la cour de récréation. À peine avait-il atteint l'âge de huit ans que déjà sa réputation de collectionneur redoutable était établie. Ainsi, Hector demandait des conseils à son frère, et très vite ce frère fut le référent de sa vie. Ce n'est pas qu'il voulût lui ressembler mais ça y ressemblait. Plus précisément, il regardait sa vie en se disant qu'elle serait peut-être la sienne. Tout était dans le « peut-être » car, franchement, son futur lui paraissait flou ; son futur était un cliché de paparazzi.

Ernest était un grand sec qui s'était marié à une petite rousse assez excitante. Hector avait treize ans quand il découvrit la future femme de son frère, et il rêva un instant qu'elle prendrait en charge son éducation sexuelle. Il avait oublié que nos vies sont devenues des romans du XXe siècle ; autrement dit, l'époque des dépucelages épiques du XIXe siècle était révolue. Il se masturba démesurément en pensant à Justine jusqu'au jour du mariage. La famille, il y avait quelque chose de sacré dans cette idée. Peu de temps après, Justine accoucha d'une petite Lucie. Quand ses parents travaillaient, il allait souvent garder la petite, et jouait avec elle à la poupée. Il n'en revenait pas d'être le tonton de quelqu'un. Et dans le regard de cette enfant, il ressentait l'impression de ne pas vivre une vie tout à fait normale ; face à l'innocence, on est face à la vie qu'on ne vit pas.

Hector avait suivi des études de droit sans être très assidu. Rien ne l'intéressait à part faire des collections ; ah, si seulement collectionneur pouvait être un métier ! Il fut engagé comme assistant dans le cabinet de son frère, mais n'ayant pas obtenu son diplôme, ce poste risquait d'être l'apogée de sa carrière. En un sens, ça le soulageait puisqu'il évitait ainsi toutes les angoisses concernant les plans de carrière, et pire les combats internes entre tous ces avocats dont il faudrait limer les dents. Il avait remarqué que la réussite allait de pair avec la beauté ; certaines avocates avaient des seins et des jambes qui leur promettaient de sublimes plaidoiries. Hector se tassait dans son siège quand elles passaient ; certes, ce mouvement était inutile car eût-il fait deux mètres qu'elles ne l'auraient pas remarqué. De toute façon, les femmes ne le passionnaient que dans la pénombre de sa chambre, quelques minutes par jour. Il lui arrivait de faire quelques infidélités à la masturbation en allant s'activer chez une prostituée, mais cela n'avait pas vraiment d'importance pour lui. Durant toutes ces années, les femmes se reposaient dans l'arrière-chambre de son excitation [1]. Il les regardait, les admirait, mais ne les désirait pas. Enfin, soyons francs, quand Hector pensait ne pas désirer les femmes, il pensait surtout qu'il ne pouvait susciter le désir en elles. Il répétait que son temps était totalement occupé par sa passion des collections ; si personne ne doutait de cette évidence évidente, on pouvait quand même parier que la première amoureuse de son corps le plongerait à l'horizontale. Il remerciait son frère de l'aider ainsi, et ce frère répondait machinalement : « Entre frères, il faut bien s'aider. » Hector était chanceux d'avoir un grand frère qui ressemblait à un père.

Revenons au moment où Hector mange sa soupe. Il n'est pas venu voir ses parents depuis six mois. Ils ne le regardent pas. L'ambiance est incroyablement familiale, c'est jour de fête ce retour. Quel bonheur de le revoir après son si long voyage ! « Et les Américains, est-ce qu'ils portent la moustache ? »

---

1. Nous exceptons ici les six jours d'une liaison semi-torride avec une Gréco-Espagnole.

s'inquiéta Bernard. En bon fils, Hector détailla les incroyables moustaches des Californiens, blondes et touffues comme du varech scandinave. Nous nagions dans la bonne humeur, une belle bonne humeur dans laquelle on aurait pu mettre des croûtons joviaux, et c'est au cœur de cette impression de bonheur latent qu'Hector eut l'idée qu'il était peut-être temps de se dire la vérité. Il s'agissait moins d'une idée que d'une impossibilité de conserver plus longtemps sa souffrance. Son cœur gros ne pouvait plus contenir ce qu'il avait vécu. Pour la première fois, il allait être lui, ne plus se cacher dans le costume qu'on lui avait taillé sur fausse mesure ; ça le soulagerait, il pourrait enfin arrêter la mascarade, ne plus étouffer. Quand il se leva, ses parents levèrent les yeux.

« Voilà, j'ai quelque chose à vous dire... J'ai fait une tentative de suicide... et je n'étais pas aux États-Unis mais en convalescence... »

Après un silence, ses parents se mirent à rire ; un rire à l'opposé de l'érotisme. Que c'était drôle ! Ils gloussaient leur chance d'avoir un fils si doux et si comique, Hector des Hector, fils comique ! Ce fils qui avait, comment dire, un léger problème de crédibilité. Il avait été rangé dans la catégorie « bon fils » puisqu'il venait manger même quand il n'avait pas faim. Et les bons fils ne se suicident pas ; au pire, ils trompent leur femme quand elle part en vacances à Hossegor. Hector fixa le visage de ses parents, il n'y avait rien à lire, des têtes d'annuaires téléphoniques. Il était condamné à être leur cliché. Dans leur regard, il percevait le reflet de celui qu'il avait été la veille. Indéfiniment, ce rapport était un enfermement.

Sur le seuil, sa mère adorait tant le raccompagner, comme les hôtesses à la fin des vols, et il fallait presque dire merci en promettant de revoyager prochainement sur les mêmes lignes. La ligne de la soupe. Une fois en bas, il lui fallait toujours marcher quelques mètres pour ne plus entendre le tic-tac annonciateur de la mort.

IV

Hector est au creux de la vague, vague qui elle-même est au creux de l'océan, océan qui lui-même est au creux de l'Univers, il y a de quoi se sentir petit.

Après cette maudite demi-finale où il a été dit qu'il faut toujours se méfier des Suédois non blonds, il avait pleuré du ridicule de sa vie. Une sensation positive s'était pourtant produite du dégoût : Et c'est à partir du dégoût qu'on peut progresser. Hector trouva un banc; assis, les idées se stabilisaient. Le pathétique flottait tout autour. Hector voyait surgir des têtes de Suédois, si bien que pour éviter un tourbillon stockholmien il ferma les yeux. Nixon n'était qu'un bon à rien qui l'avait bien mérité, son Watergate. Nixon était ce moment où l'on touche le fond. Hector poussa un soupir et ce fut une résolution majeure ; il décida d'arrêter les collections. Il devait essayer de vivre comme tout le monde, ne plus y toucher, ne plus jamais accumuler. L'éclair d'un instant, il se sentit soulagé comme jamais, et pourtant ce ne fut que l'éclair d'un instant car lui revint en mémoire, comme des ressacs pervers, le souvenir des précédentes résolutions qu'il n'avait jamais tenues. Toutes ces fois où il s'était promis de tout arrêter, à genoux avec des larmes, et toutes ces fois où il avait replongé en voyant une pièce de monnaie, puis une autre, puis une autre. Sa conclusion était simple : pour se sevrer, il ne fallait plus rien accumuler, ne plus rien avoir en double, se concentrer ardemment sur l'unicité.

Nous étions au début de l'année 2000, ce qui était un handicap pour Hector. Il ne supportait pas les années olympiques, les jugeant néfastes pour tous les maigres exploits que nous autres cherchions à accomplir. C'était surtout une conception liée à l'aigreur que les concours de collectionneurs n'aient jamais été reconnus comme sport olympique : quitte à se faire humilier par un Suédois, autant que ça se passe sous le soleil de Sydney. Il cherchait à occuper ses pensées pour ne pas avoir à affronter, dans l'instant, sa lutte. Il rentra chez lui, et posa le calendrier sur son bureau. Il nota à la date du 12 juin : Jour 1. Et il ferma le poing comme s'il venait d'accomplir un passing-shot sur une balle de match.

Après, il passa une nuit somme toute honnête.

Et rêva même d'une femme brune lui soufflant :
« Faites un vœu et puis voilà. »

*

De la difficulté de se concentrer sur l'unicité.

Le lendemain matin, il commit sa première erreur en allumant la télévision. Pratiquement tous les produits étaient proposés par deux. Il y avait même des formules « deux en un », et son cœur commençait à palpiter. Il changea de chaîne et tomba sur le Télé-achat où l'animateur expliquait que pour « un franc de plus », on pouvait avoir une imprimante avec l'ordinateur ; autant dire qu'un franc n'était rien qu'une poussière symbolique. De nos jours, pour vendre un produit, il faut en offrir deux. Nous étions passés d'une société de consommation à une société de double consommation. Et, pour les lunettes, on vous fourguait carrément quatre paires soi-disant coffrets pour les saisons, comme si le soleil était devenu une personnalité surpuissante face à laquelle il fallait composer en fonction. Dans ce cas précis de quadruple consommation, l'incitation active à collectionner était flagrante, criminelle.

*

En fin de matinée, Hector se rendit au travail. Avec une certaine dose d'angoisse, il avoua sa résolution à son frère. Ernest l'embrassa fort et le serra tout aussi fort dans ses bras, il était fier de lui. Si leurs parents n'avaient jamais bien saisi la gravité d'une telle situation, à l'opposé, il avait toujours été préoccupé par la passion de son petit frère : aucune vie sexuelle, une vie professionnelle qui ne tenait qu'à l'entraide familiale (« entre frères, il faut s'aider »), et des heures passées à accumuler des papiers à fromage. Ernest, malgré sa grande taille, était un petit sentimental. Il versa sa larme ; dans les respirations de son émotion, il l'assura de tout son soutien, et de tout son amour. « Il faut s'avouer malade pour commencer à guérir », il adorait prononcer des grandes phrases. Puis il partit traiter une affaire de la plus grosse importance. Il était l'un des responsables de Gilbert Associate and Co (prononcer Guilbertte, c'est anglais), société fondée en 1967 par Charles Gilbert, car les responsables de Gilbert Associate and Co avaient souvent à traiter des affaires de la plus grosse importance.

Au travail, tout le monde aimait Hector. C'était un employé modèle qui rendait toujours service avec le sourire. Si les femmes jeunes ne le regardaient pas, les femmes moins jeunes étaient attendries par, il faut bien l'avouer, sa belle tête d'agneau. Aussi, quand la nouvelle de sa résolution fit le tour du cabinet, une grande rumeur de compassion entoura le courageux Hector. Bien des fois, certains employés avaient été témoins des crises de frénésie du collectionneur ; il avait laissé si souvent des traces de fièvre sur son passage. Et cette rumeur de compassion devint le jour même une sorte de solidarité incroyablement téléthonesque. Toute l'après-midi, on vint lui faire des petites tapes dans le dos, et beaucoup y allaient de leur commentaire. Bon courage, on est de tout cœur avec toi, mon beau-frère a arrêté la cigarette la semaine dernière, ma femme a décidé de ne plus me satisfaire sexuellement, bref, il eut droit à toutes les expériences de sevrage du milieu juridique. Pompon de la journée, une secrétaire tout aussi rousse que presque retraitée déposa une corbeille sur le bureau d'Hector ; c'était de l'argent ! On avait fait une collecte pour le soutenir dans cette épreuve. Aux États-Unis, les collectes étaient une coutume pour les opérations non financées par la Sécurité sociale qu'ils n'ont pas, et, du coup, on récoltait souvent du dollar pour des greffes de reins. En quelque sorte, Hector allait essayer de se greffer une nouvelle vie.

Le soir, dans sa chambre, Hector observa cet argent et considéra que la somme était le prix à payer pour guérir. C'était une pensée qui ne voulait rien dire, mais il cherchait à se gargariser de réflexions frôlant l'incohérence pour éviter de penser au moindre timbre ou pique apéritif. Comme il avait pour habitude de compter les moutons pour s'endormir, il fut bien embêté. Pour arranger la chose, le mouton fut suivi d'un cheval, puis le cheval d'un hippocampe, puis l'hippocampe d'un écureuil roux, puis comme notre but n'est pas d'endormir le lecteur, nous arrêtons ici cette énumération qui dura une bonne partie de la nuit. Pour la petite histoire, c'est le passage de la loutre qui l'acheva.

Les jours passèrent, sans le bout du nez d'une collection. Hector commençait à croire en son aptitude jusqu'ici inusitée au sevrage. Toutefois, on le mettait en garde : « les premiers jours sont toujours les plus faciles » (phrase de son frère, bien sûr). Jours d'autant plus faciles qu'il se retrouva subitement au cœur d'un engouement merveilleux. On cherchait à le soutenir comme un candidat politique, les avocats faisaient attention à ne pas lui demander deux fois la même chose dans la journée. Et une secrétaire fut désignée pour veiller à ce qu'il ne traitât jamais des dossiers par trop semblables. Hector prenait des tournures d'enfant royal qu'il fallait divertir systématiquement d'une manière différente. On pouvait se demander pourquoi un tel enthousiasme collectif. C'est vrai que tous avaient de l'affection pour lui, mais était-ce une raison suffisante ? Il semblait que non. Dans un contexte professionnel hyper-compétitif et vissé sur l'apparence, la faiblesse d'un employé (précisons, employé sans danger dans la hiérarchie) unissait les aigreurs dans un même élan. Hector était comme une nouvelle machine à café dans une entreprise de pneus. Autour de lui, on rétablissait un tissu social. Et, pour tout dire, ce qui se passait là n'échappait pas aux yeux du directeur des ressources humaines qui, bientôt, allait prêcher ce qu'il considérait comme une méthode radicale. Pour la rentabilité d'une entreprise, rien ne valait mieux que d'embaucher un dépressif à un poste de sous-fifre.

Cet amour autour de lui, cette implication des autres dans son combat, eut l'effet pervers de le déstabiliser. Comme un véritable sportif français, il se mit à flancher sous la pression ; cette pression qui consistait à ne pas décevoir. Il pleurait dans les toilettes, et mettait du papier toilette sous ses yeux pour ne pas faire de bruit. Lui qui avait été si fort et si impitoyable lors de dizaines de négociations, lui qui maîtrisait l'art du bluff chinois et de la concentration neuropsychique craquait littéralement. Il se sentait faible, sans armure. Pour changer de vie, il lui sembla subitement qu'il fallait au moins mourir.

Hector quitta son bureau avant l'heure. Dans la rue, ses jambes hésitèrent comme des amants de la première fois. Pris d'une pulsion, il se précipita dans un bureau de poste. Il en ressortit, soulagé pour quelques secondes, avec une série de timbres des plus anodins. Il ressentit alors un violent dégoût et jeta les timbres. La philatélie, mon Dieu, c'était la pire des collections ! Quitte à rechuter, autant donner dans l'original ! Les timbres, les timbres, il ne cessait de répéter ce mot qui lui faisait mal. Pourquoi pas les pièces de monnaie aussi ? C'était de la rechute facile, minable. Il fit demi-tour, voulant forcer son destin, avec l'illusion qu'il fallait simplement revenir sur ses pas pour effacer ses derniers actes. De retour au bureau, la nausée des timbres encore en bouche, il ne parvint pas à se remettre au travail. Heureusement, il y eut un événement. Géraldine (la secrétaire qui pourrait être rousse) s'avança vers lui avec son habituel déhanché qui fit sûrement les beaux jours de la collection « Hiver 54 ». Hector la regarda au ralenti ; sa bouche de femme s'ouvrit.

V

Bonjour, je suis Marcel Schubert. Comme le compositeur, demanda Hector, histoire d'être convivial, histoire surtout de prononcer la première chose lui passant par la tête. Non, ça s'écrit Choubert. Une fois ce préliminaire enterré, il se passa quelque chose dans le regard de ces deux hommes, quelque chose de doux et d'intime, quelque chose ressemblant à l'évidence d'une amitié.

Choubert était le neveu par alliance de Géraldine. Elle était venue le voir car elle savait que ce neveu avait jadis souffert de la collectionnite, et qu'il s'en était sorti. Elle avait proposé simplement qu'ils se rencontrent, et Choubert était apparu à Hector en disant : « Bonjour, je suis Marcel Schubert. » Il possédait un avantage décisif sur Hector puisqu'il n'avait pas changé de collection depuis 1986. C'était un passionné stable qui vivait à présent dans une frénésie quasi routinière. Il travaillait dans une banque quelconque qui, grâce à d'honnêtes primes, lui permettait d'assouvir sa passion. Ses parents étaient partis vivre au Venezuela (son père était devenu ambassadeur puisqu'il n'avait pas réussi à écrire un roman avant l'âge de trente ans) et lui avaient laissé un somptueux soixante-cinq mètres carrés dans le deuxième arrondissement de Paris. En marchant un peu, on était place de la Bourse. Au moment où le mur de Berlin s'effondrait, il avait rencontré une Laurence, et ils construisaient depuis une relation stable. Certains doivent connaître Laurence puisqu'elle était attaquante dans l'équipe de ping-pong dont on a apprécié la belle performance au championnat du monde de Tokyo ; pour les autres, nous la verrons tout à l'heure. Le couple n'avait pas voulu d'enfant, c'était un choix comme un autre. Ils recevaient parfois des amis à dîner dans une atmosphère toujours très agréable. En cas d'excellente humeur, on pouvait avoir droit à quelques blagues de Choubert pendant que la vaisselle se lavait en cuisine.

Il y avait là une vie heureuse.

L'information principale que Marcel divulgua à Hector fut l'existence de réunions de collectionneurs anonymes. Elles se déroulaient chaque jeudi au premier étage d'un immeuble discret. La concierge pen-

46

sait qu'il s'agissait d'une secte mais, graissée aux étrennes, elle s'était mise à ne plus rien penser du tout. Hector écouta Marcel ; pour la première fois, il était face à quelqu'un qui pouvait le comprendre. Dès le jeudi suivant, il le suivit. Hector se présenta aux huit présents de cette réunion, et tous exprimèrent une sincère compassion. Il raconta comment toute sa vie n'avait été qu'un enchaînement absurde de collections absurdes. Sa confession le soulagea, mais bien moins que d'écouter les autres. Le but des réunions anonymes consistait justement à ne plus se sentir isolé. La guérison devenait possible dès lors qu'on constatait la souffrance des autres. C'était aussi l'étrangeté de toutes ces réunions : ce qui apparaissait comme le comble de l'entraide était l'entreprise la plus égotique qui soit.

On assistait ainsi à d'étranges discussions :

« J'ai eu une grande période huhulophiliste jusqu'en mars 77, juste avant que je devienne clavalogiste.

— Ah bon, t'as été clavalogiste ?

— Oui, j'avais besoin de me rassurer, de m'accrocher à quelque chose.

— C'est sûr que c'était mieux que lucanophile !

— Ah, très drôle ! »

C'était juste un échantillon des ambiances de pré-réunion. Après, tout le monde s'asseyait (sauf celui qui collectionnait les moments où il était debout) et Marcel menait les débats. Chacun parlait à tour de rôle, et on s'attardait surtout sur ceux qui avaient rechuté pendant la semaine. C'était mignon. En ce qui concernait Hector, tout le monde était d'accord pour dire qu'il s'en sortirait rapidement. Il était jeune et la maladie avait été décelée à temps. Pour d'autres, et ici nous pensons surtout à Jean, totalement accro aux trains miniatures et aux briquets, il n'y avait plus grand-chose à faire ; il s'euthanasiait gentiment aux réunions. Et il y avait aussi ces deux Polonais qui avaient pour étrangeté de collectionner les apparitions de deux Polonais dans les romans. Leur cas paraissait désespéré.

Le soir même, Hector fit quelques pompes et ses muscles furent surpris. Il s'endormit sur le côté gauche, la vie allait être simple. Les jours suivants, il fut assez bon au travail, il eut droit à des remarques encourageantes de ses supérieurs, et les jambes de femmes lui faisaient battre le cœur. Il alla voir la secrétaire sans qui il n'aurait jamais rencontré Marcel, et lui offrit cent-quarante-deux cuillères en porcelaine, vestiges de la collection dite. Elle fut très émue, et son émotion se propagea facilement. Et nous étions déjà le jour de la seconde réunion. Hector, debout, avec une certaine fierté, avoua n'avoir presque pas pensé aux collections et il fut applaudi. On se réjouissait des réjouissances des autres, une franche solidarité régnait. Après la réunion, Marcel lui proposa de faire un aller-retour samedi pour voir la mer. Et aussi la respirer, rajouta Hector. Oui, la respirer. Pour tout dire, Marcel était célibataire ce week-end puisque Laurence avait un congrès de ping-pong, enfin une sorte de réunion d'anciens combattants pongistes, et le tout se déroulait dans un château en Sologne.

Le samedi, face à la mer, Marcel fut poétique. La contemplation de l'horizon lui donnait des ailes dans la voix. Tu vois Hector, la baleine au loin, c'est ta maladie... et ensemble, en unissant nos esprits, nous faisons tout pour attirer cette baleine vers le rivage... ta maladie en accostant sera une baleine échouée. C'était si beau qu'ils mangèrent des moules. Marcel commanda du champagne même si Hector n'aimait pas trop le champagne. Il ne fallait jamais le contrarier dans le déploiement de sa convivialité. Il était du genre à parler fort, et à taper dans le dos de ses amis ; n'ayant pas une carrure d'athlète, Hector serrait les fesses pendant ces instants de belle amitié. Au dessert, Marcel demanda à son nouvel ami comment il imaginait sa vie après les collections. Ce fut un blanc cassé dans la conversation. Hector n'imaginait rien, alors surtout pas le futur. Marcel insistait, et évoqua une belle vie avec un chien et une femme. Tu sais, Laurence a de jolies copines, il faut aimer les sportives avec le dos un peu dur, mais elles sont jolies, si tu veux on t'en présentera une. Quel ami ce Marcel. Hector s'en voulait d'avoir de mauvaises pensées, mais il lui arrivait de croire, l'éclair d'un instant, qu'il devait sacrément s'ennuyer dans sa vie pour s'investir ainsi dans la sienne. Mauvaises pensées bien sûr, Marcel était une âme pure.

Marcel collectionnait les cheveux. Les cheveux féminins évidemment. En homme chanceux, il jouissait dans son appartement d'un recoin consacré à sa passion et Hector eut l'émotion de pouvoir visiter le lieu saint. Il surjoua légèrement pour ne pas vexer son ami, allant jusqu'à enchaîner quelques oh et quelques ah assez réussis pour un novice de la fourberie. Il ressentait la pression de ceux qui reçoivent des confidences. Il faut savoir qu'on reconnaît un collectionneur au manque d'intérêt notoire qu'il porte aux collections des autres. De manière insidieusement amicale, Marcel cherchait aussi à tester le convalescent Hector. La première pièce de la collection, « rousse millésime 77 », imposait d'emblée le respect. Hector pensa qu'un cheveu sans une femme était comme une main sans bras ; en suivant la magie du cheveu féminin, on se fracassait dans un atroce rien. Les cheveux n'ont pas le droit d'être des impasses. Marcel se lança dans une explication sur les années 70, écoutons. Il estimait qu'aucune époque n'avait été aussi cheveu que le milieu des années 70. Sur ce point, personne ne pouvait lui donner tort, ces années-là avaient incontestablement été très cheveux. La pire époque pour les chauves. Hector, pendant le développement de la théorie marcellienne, pensa à son père et à sa fascination pour la moustache.

On passa en revue les blondes 83 et 84, les brunes éternelles de 88, et les auburn d'il y a quelques jours. Hector, par politesse appréciable, demanda comment il s'était procuré toutes ces merveilles. Marcel avoua qu'il était de mèche avec un coiffeur de la rue voisine. Il m'appelle dès qu'il repère un spécimen rare et je passe rafler le trésor. Collection unique et facile, pas d'angoisse, c'était tout bénéfice. Sur ce, Laurence rentra, et proposa de préparer le dîner. Hector bâilla mais ce ne fut pas suffisant pour se défiler. Il se permit de demander à son ami si sa femme n'était pas jalouse de sa collection. Laurence jalouse ? Marcel ne parvint pas à rire tant on était dans l'ineptie. Laurence n'était pas jalouse, et Laurence préparait un rôti qu'elle avait gardé pour son retour ; c'était une de ses particularités, elle adorait manger du rôti en rentrant du ping-pong. Parfait, dit Hector. De toute façon, il n'avait pas le choix, on lui servait d'office un martini en guise d'apéritif. Marcel le regarda droit dans le regard et s'exprima avec solennité : « Je t'ai présenté ma collection et ma femme... Tu fais vraiment partie de ma vie ! » Hector fut ému de faire *vraiment* partie de la vie de quelqu'un mais il ne pouvait s'empêcher de se sentir gêné. Il n'avait pas encore osé avouer qu'il n'aimait pas follement le rôti.

Laurence appela Hector. Elle voulait connaître ses goûts culinaires, plus précisément ses goûts en matière de cuisson, alors il alla dans la cuisine. Oh moi, tu sais, il n'avait pas de goût particulier. Elle s'approcha de lui comme si subitement elle voulait le dévisager, Hector ne pouvait plus repérer les détails de son visage, et encore moins cette langue en action qu'elle venait de fourrer dans sa bouche. Parallèlement à cette agression buccale, elle lui palpa les testicules. Puis se reculant tout aussi subitement, elle dit fortement :

« Très bien, je te le prépare saignant ! »

Hector balbutia et accusa le martini. Néanmoins, il ressentait une envie irrépressible de se resservir. En buvant avidement, il ferma les yeux pour ne pas voir le visage de cet ami qu'il venait de trahir, cet ami qui lui montrait sa collection et qui lui présentait sa femme. Il était une vermine. On lui présentait des femmes, et il offrait des testicules. Il lui fallut un bon moment avant d'admettre qu'il avait été agressé sexuellement. Un mot tournait dans sa bouche, mot évident, et pourtant mot qui n'osait sortir ; nymphomane, mon Dieu, Marcel vivait avec une nymphomane. Ce même Marcel s'approcha de lui, et comme s'il lisait dans sa culpabilité, demanda :

« Elle te plaît, ma femme ? »

Il s'empressa de dire non, avant de saisir l'indélicatesse d'une telle réponse, alors il se rétracta lamentablement sur un oui, bien sûr. Hector n'était pas un as social. Pourquoi cette histoire lui arrivait-elle à lui ? Il suait, et Marcel s'approcha de son oreille pour lui chuchoter que les femmes qui faisaient du ping-pong avaient une façon magique de palper, hum, enfin tu vois ce que je veux dire. Hector fut réanimé par quelques claques, et Marcel le raccompagna chez lui.

Marcel le borda, et insista pour qu'il l'appelle à tout moment en cas de nécessité. Sa nuit fut assez mauvaise, il fut tourmenté par des images d'anciennes collections, il rêvait de placards bondés où il ne manquait rien. Il s'accrochait à ses rêves, et ne supporta pas de devoir rouvrir les yeux. Mais au petit matin, on sonna ; et la sonnerie était bien trop insistante pour se permettre de faire le mort. On lui livrait une énorme boîte qui, une fois déposée dans le salon par le suant coursier, trônait comme un dictateur après putsch. Machinalement, il ouvrit la chose pour tomber nez à nez avec deux mille, chiffre approximatif, bouchons de bouteilles de champagne. Et dessus, une carte sur laquelle était inscrite :

Monsieur Honoré Delpine, décédé le 12 octobre, vous a légué sa collection de bouchons.

Cette fois-ci, il ne pourrait pas s'en remettre. Il essayait d'être un homme comme tout le monde, mais rien à faire, on lui envoyait des bouchons. Il y avait toujours des morts qui s'ennuyaient suffisamment pour nous pourrir la vie ; se sentant si seuls, ils accéléraient le mouvement des vivants. Fragilisé par un palpage de testicules, achevé par une collection livrée par coursier, il fallait en finir avec cette vie qui avançait devant un miroir. Cette vie qui prenait pour modèle son passé. Comment pouvait-il savoir, à cet instant, qu'il devait s'accrocher pour en connaître l'étrange suite ? Ses gestes s'embrouillaient, et il se précipita dans le métro car c'était là qu'il avait rendez-vous avec son suicide raté et, accessoirement, le début de notre livre.

VI

Six mois plus tard, notre héros pseudo revenait des États-Unis, grand pays qu'il connaissait aussi peu que le bonheur. La concierge essaya de gratter les étrennes, et un voisin alcoolique (pléonasme) tenta de le retenir. Une fois assis chez lui, on s'était arrêté pour revenir en arrière. Toute cette nuit, Hector n'avait pas dormi. Après six mois de convalescence, il devait se donner du courage pour reprendre une vie normale. C'était l'expression qu'avait employée le docteur bronzé : « La vie normale, mon vieux, vous reprenez la vie normale. » Il fallait au moins tenter de se suicider pour se faire appeler « mon vieux » par un docteur. La vie normale, la vie sans collection. Cette fois-ci, il était guéri. Il ne pouvait pas vraiment dire comment, ni à quel instant précisément, mais pendant tout ce temps à la clinique, il avait lavé son passé. Il avait l'impression que les particules d'un autre homme avaient réussi à se parachuter en lui.

Son frère l'appela pour savoir ce qu'il comptait faire. Il lui avait permis d'obtenir un long congé mais, à présent qu'il avait fait un *come back*, il devait lui dire quand il allait reprendre le travail. Il n'osait lui avouer que la vraie raison d'une telle pression était qu'il manquait ! Sans lui, la société avait repris une allure impitoyable, Dallas. Hector demanda encore une semaine de congé pour une raison étrange : il n'avait pas du tout la tête de quelqu'un qui est parti aux États-Unis. Et avoir la tête de son emploi du temps était, de nos jours, primordial. D'ailleurs ceux qui y sont allés disent *States,* et plus le séjour a été long, plus ils étirent le *a* pour marquer une certaine intimité que, nous autres, nous ne pouvons pas comprendre... *Staaaaaaaaaaates*. Cette intimité à interpréter comme une preuve. Il lui fallait donc une semaine pour tout apprendre sur les États-Unis. Une semaine pour revenir au travail, guéri et avec un alibi bétonnant les six mois peu glorieux d'une convalescence.

À la bibliothèque François-Mitterrand, il demanda le rayon États-Unis pour finalement obtenir la salle Géographie. Hector prit du plaisir à laisser son doigt glisser sur les reliures, il se remémora une ancienne collection sans la moindre palpitation. Comment avait-il pu être aussi stupide ? Il hésita à faire quelques pompes, à même le sol mou, histoire de subitement matérialiser une certaine fierté. Enfin, il fut face à *Atlas des USA*. Il tendit son bras, et ce même bras entra en collision avec un autre bras ; et il fallait remonter cet autre bras pour s'apercevoir qu'il appartenait à un échantillon humain d'origine féminine. Il venait de rentrer en concurrence avec une femme pour le même livre. Polie, elle fut la première à s'excuser. Galant, il insista pour qu'elle prît le livre. L'union de la politesse et de la galanterie eut pour conclusion la décision suivante : on se partagerait le livre, on irait s'asseoir ensemble et on essaierait de ne pas trop se marcher dessus pour tourner les pages. Sur le chemin du fauteuil, et sans trop savoir pourquoi, Hector repensa à un dicton croate qui disait qu'on rencontrait souvent les femmes de sa vie devant des livres.

A priori, il y avait là un livre.

« Ainsi vous vous intéressez aux États-Unis, demanda t-elle ?

— Oui, j'en reviens.

— Ah bon, vous étiez aux *Staaaaaaaates ?*

— Oui, et j'ai l'impression que vous aussi. »

Nous nagions dans les points communs et les coïncidences. Et pour étayer ce beau hasard, chacun y alla de son commentaire, tout en jetant un œil sur l'atlas. Oui, Boston, c'est magnifique, c'est une belle agglomération de 8 322 765 habitants. Et le Kansas, c'est fou cette façon d'être ainsi traversé par le méridien Bluewich. Bref, on s'étalait sur de la mythomanie globe-trotteuse. Et il aurait suffi que l'un des deux soit vraiment allé aux États-Unis pour se rendre compte de l'arnaque de l'autre. Quand deux personnes se mentent sur le même sujet, il y a peu de chances de se démasquer. C'est alors qu'Hector commit une erreur fatale en demandant à sa partenaire d'atlas pourquoi elle s'intéressait tant aux États-Unis. Elle lui expliqua qu'elle était sociologue. C'est un mot qui l'embrouilla tellement qu'il mit un temps avant de comprendre qu'elle venait de lui retourner sa question. On jouait presque au ping-pong. Il était perdu, il ne savait que dire ; et comme souvent, quand on ne sait que dire, on dit la vérité.

« Je veux faire croire que j'y suis allé. »

Il pensait qu'elle le prendrait pour un fou, mais ce qu'elle considéra comme fou, c'était cette coïncidence. Elle aussi voulait le faire croire ! S'enflammant, Hector demanda le prénom de mademoiselle, et hop, il fut face à une Brigitte. Et d'une manière totalement étrange, il lui avait fallu savoir son prénom pour, enfin, la trouver belle. Il ne regardait jamais l'inconnu, et le prénom d'une femme le rassurait.

Avant de le paniquer complètement.

Brigitte, c'était prometteur ; un chouia étrange, mais pourquoi pas ? On n'a malheureusement jamais le choix du prénom des personnes rencontrées. C'était le genre de femme qui donne envie de boire du thé. Ce premier soir, elle repenserait à Hector. Ils avaient promis de se revoir le lendemain. Brigitte n'avait pas l'habitude de rencontrer des gens dans la rue, encore moins dans les bibliothèques, encore moins dans les mêmes intentions devant un livre. Elle dormirait probablement assez mal, et elle aurait des réveils plus nombreux que les événements de sa vie. On ne connaissait pas très bien les Brigitte. Sûrement, elle n'avait pas été malheureuse, ses parents étaient d'adorables retraités, ses frères et sœurs d'adorables frères et sœurs. Et elle avait surtout de somptueux mollets.

*

On doit tout de même savoir une chose. Comme une féerie, un mystère entourait Brigitte. Enfant, elle s'était endormie dans l'herbe, herbe morte depuis. Elle avait rêvassé, et ses yeux de petite fille avaient capté le vent, et le futur, et certaines réminiscences. Ses pensées, ce jour-là, avaient été douces comme des réveils et des endormissements successifs. Un papillon avait alors cru bon de se poser sur son nez, et, en énorme plan, Brigitte avait contemplé la majesté de ses mouvements. Il était resté longtemps sur son nez, longtemps et sagement. Brigitte avait vu le monde derrière le papillon, ses ailes presque translucides avaient formé un prisme féerique. Quand il reprit son envol, Brigitte le suivit du regard le plus longtemps possible. Elle fut très longtemps perturbée par ce moment où elle avait vu le monde à travers le filtre d'un papillon. Elle avait peur que tout lui parût laid après. Et pourtant, elle avait puisé dans cet instant magique une étrange conviction. Il s'agissait de la certitude qu'elle était dotée d'un pouvoir rare; en elle venait de se développer une capacité unique qui se révélerait un jour.

*

Le lendemain, ils étaient si mignons dans leur rendez-vous. C'était à l'homme de parler, et l'homme c'était Hector. Comme elle avait évoqué la sociologie, il demanda : mais pourquoi *sociologie* ? Elle voulut sourire, mais n'étant pas tout à fait à l'aise (il lui faudrait sûrement vingt-six jours pour se détendre), elle expliqua qu'elle étudiait, dans le cadre de son doctorat, *la solitude en milieu urbain*. Hector répéta, en surjouant un air intrigué, la solitude en milieu urbain. Oui, il s'agissait de passer six mois à Paris sans aucune relation sociale. Alors, elle avait dit à sa famille et à ses quelques amis qu'elle était partie aux États-Unis. De l'autre côté de l'Océan, ils ne pourraient avoir la tentation de la déranger.

« Je n'ai pas parlé depuis six mois. C'est aussi pourquoi j'avais la bouche pâteuse hier, précisa-t-elle.

— Ah bon », fit Hector.

Après cette réponse vive, ils décidèrent de travailler ensemble. Entre faux voyageurs aux *Staaaaaaates*, il fallait se soutenir. Ils s'installèrent dans de gros fauteuils pour se faire réviser. Leur connaissance des États-Unis fut relative à leur envie de se voir, et de se revoir. Au bout de quelques jours, ils furent dans l'obligation de créer de nouveaux États.

Pour la première fois, Hector s'inquiéta de savoir s'il pouvait plaire. Il se regarda longuement dans la glace, et s'acheta une cravate. Il fut contraint d'en parler à Marcel car c'était un spécialiste de la femme, tout du moins de la partie capillaire. Marcel n'avait jamais été aussi content d'être l'ami de quelqu'un. Au bar où ils se rencontrèrent, il y eut même commande de boisson alcoolisée. L'endroit faisait penser à des toilettes turques géantes. Marcel criait un peu fort, gesticulait dans tous les sens, et c'était sa façon de s'impliquer dans les amours d'Hector. Il prenait la mission très à cœur, et sous ses airs de bourlingueur alcoolique, sous ses airs de sportif russe, sous tous ses airs, on dénichait sous la poussière un air de sentimental. Le fait même d'évoquer l'éventualité de l'entrée potentielle d'une femme dans la vie de son ami lui faisait escalader les larmes aux yeux. Alors qu'il était censé rassurer et conseiller, ce fut Hector qui dut lui remonter le moral ; les affaires sentimentales remplissaient toujours le cœur de Marcel, elles l'arrosaient de pétales de roses.

À la sortie de la bibliothèque, Hector et Brigitte formaient un couple. Sans trop savoir ce que le destin voulait d'eux, ils se positionnaient côte à côte face à la vie. Ce fut ces instants d'avant l'amour où l'on se dévoile dans l'innocence des évidences. Hector parlait de son passé de collectionneur, Brigitte avoua avoir eu des boutons jusqu'à l'âge de dix-sept ans et demi, enfin on riait bêtement comme tous ceux qu'on a vus rire bêtement dans les jardins publics; c'est l'un des rares moments où l'idiotie est une qualité. Une nouvelle vie s'ouvrait alors, et, afin de la fêter dans l'éclat d'une poésie, il y eut à cet instant le charme d'une éclaircie après un ciel noir sûrement fâché. Hector, juste en observant Brigitte, prenait de l'assurance. Il se sentait évident comme une limousine à la sortie des aéroports. Brigitte, habituellement enfoncée dans sa réserve, se laissait aller, sans trop savoir encore le potentiel érotique qui somnolait gâcheusement en elle.

Potentiel érotique, l'expression était aguicheuse. Nous entrions en effet dans l'espoir immédiat de la sensualité. Brigitte, jamais nominée nulle part, se tenait sur le devant de la scène. La dernière fois qu'Hector avait vu une femme nue, c'était forcément sur un écran de télévision. L'idée du sexe était un poisson qui se réveille avec des jambes. Depuis la sortie de la bibliothèque, les futurs amants avaient peu parlé. L'appartement de Brigitte était situé au dernier étage d'un immeuble de centre-ville, le bruit qui montait de la rue berçait la chambre, les copropriétaires avaient voté tout récemment la création d'un ascenseur. On se laissa glisser pour bientôt s'aimer. Hector joua l'habitué des choses de ce genre en tirant partiellement le rideau ; bien sûr, il rêvait d'être dans le noir le plus complet. Il avait peur que leurs corps ne soient pas à la hauteur de leur rencontre. Il restait devant cette fenêtre, un instant, un instant qui devenait assez long, un instant qui n'était plus vraiment un instant mais l'esquisse d'une éternité. Derrière lui, il y avait le corps d'une femme qui n'était plus caché par rien. Hector avait entendu le bruit des vêtements féminins évanouis sur le sol, ce bruit de rien qui justifie les oreilles des hommes. Brigitte était nue sous le drap ; Hector souleva le drap. Devant la beauté de cet instant, il s'effondra tout en restant droit ; sa colonne vertébrale glissait vers ses pieds. Face à l'émotion, Hector était une chair sans fondation. Il déposa son corps sur son corps, et posa ses lèvres sur ses lèvres. Tout n'était alors qu'affaire de silence. Un silence de début des processions ; chacun avait l'impression de faire l'amour à une église.

Des minutes plus tard, Hector fut pris du malaise des bonheurs soudains. Brigitte, elle non plus, ne se sentait pas à son aise ; elle serrait les poings. Après de longues respirations méthodiques, ils firent encore l'amour. Plusieurs fois et encore plusieurs fois. La nuit tombée, Hector se rhabilla ; il voulait marcher sous les étoiles. Brigitte l'embrassa sur le perron. À peine fut-il dehors qu'il repensa aux épaules de cette femme à aimer follement, cette nuque dans l'après-midi. Alors, il se mit à tituber ; le sentiment grignote les jambes. Il se permit quelques détours avant d'arriver chez lui, il se dégourdissait en s'étourdissant de son bonheur. Il repensait au corps de Brigitte, il voulait la voir sous une loupe, remonter sa jupe dans les ascenseurs, et se glisser dans ses cuisses. Le corps de l'autre, le corps de la femme, comment dire, il avait l'impression d'être subitement devenu pur. Par le corps de l'autre, on progresse, c'est par le corps de l'autre qu'on devient innocent.

La nuit d'errance d'Hector s'acheva au bureau. Son frère arriva pile à l'heure à laquelle il arrivait tous les jours. Il fut étonné de le voir de si bonne heure. Il n'en pouvait plus d'attendre, il avait marché toute la nuit ! Il voulait voir son frère pour lui annoncer une grande nouvelle. Son mariage, oui, il allait se marier avec Brigitte ! Ernest fit les cent pas, c'était au moins la distance nécessaire pour exprimer toute sa frénésie. Il sortit son carnet d'adresses pour prévenir tout le monde ; allô, tu es bien assis ? Au bout de deux heures, se maudissant de ne pas connaître plus de monde, il entama un nouveau tour de carnet et annonça à nouveau la merveilleuse nouvelle. Chez Gilbert Associate and Co, on organisa un cocktail pour fêter l'événement. Il y eut étalage d'amuse-gueules et Hector ne broncha pas devant les piques apéritif. Marcel fut évidemment convié (Laurence ne put se libérer car elle avait un entraînement primordial en vue d'une compétition primordiale). À six heures arrivait triomphalement le champagne, et l'on s'embrassa beaucoup. Il y eut de très beaux hip, hip, hip, hourras pour Hector. Enfin, on lui demanda comment s'appelait la chanceuse. Et c'est au moment précis où il prononça le prénom « Brigitte » qu'il se rappela ne pas encore avoir prévenu la chanceuse de ses intentions.

*

Brigitte avait été torturée toute la journée par un étrange paradoxe : c'était lors de sa totale immersion dans la solitude urbaine qu'elle avait rencontré l'homme, à l'évidence, de sa vie. Elle hésita à changer le sujet de sa thèse sociologique, et puis considérant que le bonheur était une matière égoïste, elle avait préféré conserver cette découverte fondamentale : pour rencontrer l'amour, il faut chercher la solitude.

*

Le cerveau d'Hector tout embourbé de saveur brigittienne avait négligé qu'une des particularités du mariage est de réunir deux personnes. Peu importait finalement, ne s'agissait-il pas d'une évidence ? On pouvait toujours oublier d'annoncer ses intentions quand elles étaient flagrantes. C'était un fait, ils allaient se marier. Et le soir même quand ils se retrouvèrent pour leur seconde nuit, le sujet fut simplement esquissé. On se marie ? Oui, on se marie. Quelle simplicité ce Hector et cette Brigitte. On aurait dit des héros suisses. Le plaisir sexuel développait tous les aspects de son hégémonie incipitale. Les mollets de Brigitte s'étonnaient eux-mêmes de leur souplesse olympique, Hector se découvrait adorateur du mordillage de lobe. Sous les draps, on devenait anonyme. On s'entraînait à se dire *oui* en toutes les langues. Le lendemain midi, Brigitte éplucherait des poireaux, et les épluchures seraient fascinantes.

Les amoureux éprouvent toujours deux sensations frôlant l'hystérie douce. Tout d'abord, ils trouvent toutes les qualités à la vie. Subitement, le quotidien fait un régime, et les soucis qui encombraient l'existence de tout célibataire respectable disparaissent dans une nouvelle légèreté. La vie leur paraît belle avec le même manque de lucidité qu'ils ressentiront plus tard en s'extasiant devant la beauté de leur bébé laid. La deuxième sensation est une grande griserie. Hector, par exemple, se gargarisait de l'expression « ma femme ». Il l'utilisait à toutes les sauces. Il suffisait qu'on lui demande l'heure dans la rue pour qu'il réponde « je ne l'ai pas, mais si ma femme était là... ma femme a une jolie montre... ». Brigitte prenait des allures de Mme Columbo. Placer du « ma femme » dans toutes les phrases était d'une facilité déconcertante. On pouvait même innover en donnant dans l'international. Un hors-piste américain demeurait incontestablement le summum du jouissif, rien n'était plus chic qu'un *my wife* bien lancé. Bientôt, Hector oserait sûrement le mythique *you fuck my wife*; heureux comme il était, il ne tarderait pas à se prendre au moins pour Robert De Niro.

Mais avant toute chose, il fallait rencontrer le frère de Brigitte. Dans la famille, il avait toujours joué le rôle de décideur. C'était une sorte de Parrain, le baiser sur les mains en moins. Même le père de Brigitte ne prenait aucune décision sans en référer auparavant à son fils. Gérard n'avait pas beaucoup de neurones, mais de très belles cuisses. Il avait participé à la célèbre course Paris-Roubaix mais, malheureusement, il était tombé sur un galet qui lui avait enfoncé le crâne. Ajoutée au dopage des années précédentes, cette chute avait achevé de le transformer en légume si bien que certaines mauvaises langues l'appelaient *le poireau.* Il y avait de l'injuste dans cette appellation, et les ingrats oubliaient bien vite l'heure de gloire de Gérard quand il avait grimpé sur le podium de Ouarzazate-Casablanca. C'était bien facile de critiquer après. La famille de Brigitte était restée focalisée sur cette victoire. Dommage qu'aucune image de l'exploit n'ait été enregistrée. Seule une photo magistralement encadrée sur le buffet des parents attestait la performance. Cette photo où l'on voyait Gérard entouré de jeunes hommes un chouia chétifs mais forcément combatifs, et brandissant une coupe dans le vent et la poussière (les mauvaises langues qui l'appelaient « le poireau » disaient que cette photo avait été prise dans un studio à Bobigny, calomnies). Et c'était cette image héroïque qui faisait de Gérard le leader incontestable de la famille. En d'autres termes, pour avoir une chance de posséder officiellement la femme de sa vie, Hector devait potasser son histoire du vélo.

Décidément la chance ne le quittait plus puisqu'il avait le privilège d'avoir dans ses connaissances, assez lointaines d'accord, le fils de Robert Chapatte. En quelques rencontres, il se transforma en incollable du braquet, et n'en revenait toujours pas de voir comment Laurent Fignon avait laissé échapper le Tour 89 au bénéfice de Greg LeMond pour quelques maudites secondes. Brigitte était fière de son sportif de futur mari, elle ne s'inquiétait pas de la tournure que prendrait la rencontre au sommet entre les deux hommes de sa vie. Hector se mit sur son trente et un (si peu sûr de lui, il avait même douté de ce chiffre) ; et sa cravate jaune pâlissait. Il ne lui restait qu'à trouver sa posture d'accueil. C'est bien connu de tous les compétiteurs, tout est dans le premier regard ; il faut savoir prendre l'ascendant avant même le coup de sifflet initial. Pendant que Brigitte préparait en cuisine des tomates farcies, plat préféré de son frère, Hector s'assit sur le canapé, se releva, s'installa près de la fenêtre, essaya de fumer, non, ça ne faisait pas sportif, posa une main sur la table pour faire nonchalant, joua l'étonné, voulut carrément s'absenter, etc. En sueur, il recherchait la posture idéale quand soudain, sans trop savoir comment elle s'était retrouvée là, une idée traversa son esprit. Une idée géniale, celle des *mains dans le dos*.

On sonna.

Gérard entra et découvrit celui qui postulait au rôle honorifique de beau-frère. Immédiate, la surprise fut perceptible dans son œil. Hector avait eu un coup de génie. C'était si étrange d'être accueilli par un homme les mains dans le dos. On aurait presque dit un majordome; l'idée d'une déférence s'offrait. Cette attitude était incroyablement touchante, son buste en avant comme les soldats de plomb, on ne savait comment réagir face à des mains dans le dos. Mais notre Gérard n'était pas du genre à s'encombrer d'autre chose que de l'écho passager d'une surprise. Il s'avança vers Hector, le pas lourd, le pas d'un homme qui avait jadis escaladé les marches du podium de la course Ouarzazate-Casablanca. À nouveau, et comme dans tous les grands moments de sa vie, il y avait cette ambiance de désert et de gorge sèche; on tâtait du mythique dans cette rencontre. Brigitte et les tomates farcies restèrent silencieuses. Hector, les mains dans le dos, faisait tout pour ne pas avoir l'air pétrifié, il essaya un sourire qui ne fut finalement que le soubresaut d'un zygomatique en fin de vie.

C'est alors que se produisit la chose suivante.

Hector n'avait pas l'habitude de mettre les mains dans le dos. Jamais il n'avait été arrêté par des policiers et jamais il n'avait fait l'amour avec la Maîtresse du Donjon. Alors forcément, ses *mains dans le dos* profitèrent de leur nouvelle vue et se figèrent pour grappiller du temps à l'outrageuse hégémonie des *mains devant les jambes*. Autrement dit, et ceci durant presque deux secondes, une éternité pour cette situation, la main droite de Gérard demeura suspendue dans la solitude. Brigitte s'inquiéta : Mais pourquoi ne lui tend-il pas sa main ? Comment pouvait-elle savoir qu'Hector était victime d'une vengeance des *mains dans le dos* ? Vengeance qu'il réussit à mater à grand coup de cerveau et, enfin, sa main droite se débloqua. Seulement, elle jaillit si vite du dos (une allure folle) qu'elle ne parvint pas à s'arrêter au niveau de la main de Gérard, et fonça droit vers son nez, où elle s'écrasa violemment.

Gérard bascula en arrière, un peu comme le fera la tour de Pise dans cent cinquante-deux ans, quatorze jours et douze minutes.

L'espace d'un instant, Brigitte crut que son geste était intentionnel. Comment Hector pouvait-il expliquer la non-volonté de son acte ? On pouvait excuser la maladresse d'une main qui pousse un vase, mais comment excuser une main qui se jette sur un visage ? Devait-il avouer l'anarchie grossière du mouvement de ses mains ? Gérard se releva brutalement mais fut bien trop choqué pour réagir ; au fond de lui, il respectait le geste d'Hector. N'ayant pas compris qu'il s'agissait d'un atroce accident, il considéra que cet homme avait des couilles et qu'il méritait d'épouser illico sa sœur. Hector suait ses dernières gouttes de sueur. Gérard se toucha le visage. Son nez n'était pas cassé. Seul un peu de sang hésita, mais ce fut un sang noble ; Gérard coagulait toujours courtoisement.

Pendant le dîner, Hector ne contraria pas la version de Gérard. Il demeurait convaincu de l'intentionnalité du geste (analyse qui lui apportera bon nombre d'embrouilles dans les mois à venir car, systématiquement, il mettrait un coup de poing à toute nouvelle personne rencontrée). Discrètement, Brigitte expliqua à Hector que son frère était ainsi, il analysait souvent les choses de façon étrange, voire décalée. Gérard rentra chez lui, et profita d'une grosse lune pour se promener le long des quais. Le poing qu'il avait pris en pleine figure le rendait romantique. Il se remémorait la scène, et tremblait d'émotion et de fierté à l'idée que sa sœur épousât un caïd comme Hector. Le mouvement de cette main propulsait la soirée dans la sphère ultra-sélecte des choses inoubliables. Cette belle rencontre venait d'entrer dans son histoire personnelle pour s'asseoir tout contre le souvenir indélébile du podium Ouarzazate-Casablanca.

Cette nuit-là, Hector essaya la position du missionnaire.

VII

Via Gérard, les parents de Brigitte furent acquis corps et âmes à la cause d'Hector. De l'autre côté, les choses ne seraient que pure formalité, à condition que Brigitte aimât la soupe maternelle. Hector rêvait de voir dans les yeux de ses parents ce qu'il appelait *une considération sentimentale*. Il voulait être perçu comme un futur père de famille, le genre d'homme capable d'organiser d'honnêtes vacances pour l'été avec une prise en compte des loisirs de chacun. Hector frétillait, c'était la première fois qu'il venait avec une fille. Il espérait de cette grande nouveauté un éclat dans les yeux de ses parents, un déraillement dans la routine de leur morne affection. S'il rêvait que son père le voie comme un homme, il voulait surtout que son père le regarde tout court. Il avait téléphoné la veille de sa visite habituelle. Sa mère eut peur d'une annulation, il ne téléphonait jamais, le rendez-vous hebdomadaire était aussi immuable que la succession des jours. « Maman, demain je viendrai accompagné... je serai avec mon amie... » Cette phrase fut cerclée d'échos provoqués par un étonnement interstellaire. On eût dit que des milliers d'hommes et des milliers de femmes s'étaient subitement installés dans le salon des parents. Les oreilles de Bernard sifflèrent : « Tu te rends compte, il vient accompagné... » Brigitte, dans l'imaginaire de Mireille, était une sorte de comtesse couronnée dans l'un de ces pays étranges car trop chauds ; elle était tout et rien à la fois. Très vite, il y eut angoisse en cuisine ; quelle soupe ? La routine déraillait ; pire, la routine était devenue un avion et déraillait des nuages. Mireille était en sueur. Et surtout, il ne fallait pas que le père traînât en cuisine, il gênait, et l'énervement allant crescendo, il gênait depuis toujours, elle n'aurait jamais dû l'épouser, c'était un bon à rien ! Alors le père d'Hector, bien loin de s'offusquer, c'était un homme doux, chercha à la rassurer, « ta soupe sera divine, ne t'inquiète pas », et, en pleurs, elle espérait : « C'est vrai, tu crois qu'elle aimera ma soupe ? »

Le lendemain soir

Brigitte enchaîna quelques sourires. Et par ces sourires, on savait déjà qu'elle aimerait la soupe. Tout le reste était littérature de poche. On balaya de faux sujets de discussion, le tout rythmé par l'horloge stalinienne. Il fallait s'asseoir et laper. Ce fut superbe, divin, magique, extatique, Brigitte en redemanda ; retenant plusieurs larmes, Mireille se demanda qui était cette jeune fille si parfaite. Après le dîner, c'est-à-dire douze minutes après leur arrivée, on scinda les discussions en deux : les femmes d'un côté, les hommes de l'autre. C'était du bon vieux temps, tic tac. Hector entama une petite discussion sur un petit sujet : la vie. Son père lui demandait ses projets en général, et avec cette fille en particulier. Il pleura, excusez-le, mais c'était bien la première fois qu'il avait une discussion de cette envergure avec son géniteur. Brigitte, de son côté, notait les recettes de soupe, si bien que Mireille frôlait le suicide au bonheur.

Hector n'avait jamais vu ses parents agir de la sorte. Plus qu'une considération sentimentale, il avait perçu cette palpitation de l'iris ; palpitation rêvée dans tous les jadis de son enfance. Il lui semblait qu'il tenait enfin une sorte de famille normale. Des parents heureux et des enfants heureux. Des dimanches à déjeuner devant la télévision. Et des mariages, idiotement. Ernest avait déjà sa femme, il la trompait sûrement avec une brune du département litiges sociaux, mais sur les photos de famille, ça ne se voyait pas. On construisait une belle apparence. Si un jour on devenait célèbres, les paparazzi s'ennuieraient ferme avec un tel bonheur. On avait un meilleur ami, on avait un beau-frère qui appréciait les poings dans la gueule. Il ne nous manquait plus qu'une date, et cette date serait le quatorze juin. Une date de mariage pour parachever ce festival eau de rose. Heureusement que tous les bonheurs dérapent, il suffit juste d'attendre. Dans la nuit, Brigitte et Hector se dirigèrent par là-bas. C'était cette destination où le bonheur n'emporte aucun mot dans sa valise.

Ce quatorze juin ressemblait comme deux gouttes d'eau à un douze juin. Le douze juin a toujours cette fière allure, cette ambiance boucles d'oreilles. Ernest et Gérard faisaient gentiment connaissance ; entre beaux-frères, il faut s'entraider. Marcel lui aussi était un frère, on ne mange pas des moules comme ça, pour après ne pas être de la famille ; il se tenait le ventre, comme une indigestion au bonheur. Il se souvenait comment il avait ramassé ce petit Hector à la petite cuillère, et le voilà maintenant, tout beau, et presque marié. C'était un peu grâce à lui tout ça, et personne ne venait le féliciter. Nous, on le savait, Marcel. De son côté, Laurence faisait de nombreuses connaissances, et l'on pouvait croire qu'elle connaissait bien le lieu car elle adorait montrer à ses connaissances des endroits qu'on ne connaissait pas (des endroits derrière les arbres du jardin, à l'ombre de l'amour des mariés). Tous les invités s'étaient regroupés vers le jardin où, par le soleil, ils allaient boire à la santé éternelle de cet amour. On ne put empêcher les aigris de trinquer aussi. Le cocktail avait lieu avant la cérémonie, Hector et Brigitte voulaient fuir dès le oui prononcé. Ils avaient décidé de partir aux États-Unis pour le voyage de noces. Le maire arriva enfin avec son écharpe tricolore au cas où, étourdi de bonheur, on oublierait notre position géographique. Brigitte était blanche car sa robe l'enrobait. Hector demeurait concentré. Une chose l'obnubilait : les alliances.

C'était le dernier instant où il fallait être parfait. Il attendait ce moment pour être enfin soulagé, la peur de trembler le faisait trembler. Il avait tellement peur de ne pas être à la hauteur du doigt de sa future femme.

Deuxième partie

UNE SORTE DE VIE CONJUGALE

I

Connaissant tout de tout des États-Unis, les amoureux passèrent beaucoup de temps dans les chambres
d'hôtel. Ils sympathisèrent avec des employés du
room service. Dans l'avion, chaque passager pouvait
voir le film qu'il voulait grâce à un écran personnel.
Et de retour en France, ils s'installèrent dans un
grand deux pièces. Grâce aux aides alternées de
Marcel et de Gérard, le déménagement se fit en trois
jours. Le plus long du travail fut la recherche du
mobilier de leurs rêves. Jusqu'au point glorieux de
leur rencontre, ces deux êtres humains avaient vécu
dans la poussière et l'exception sentimentale. À présent, ils voulaient donner dans le moderne pour se
tourner définitivement vers le futur. Les pulsions
modernes étaient souvent des révélateurs de passés
frustrants. On dépensa donc pour un aspirateur télé-
guidé vocalement, un grille-pain qui ne brûle pas le
pain, une moquette et des rideaux aux couleurs chan-
geantes, etc. Ils achetèrent aussi un poisson rouge
baptisé Orange Mécanique (Orange étant son pré-

nom) ; et très vite, ce poisson devint un membre à part entière du couple.

Brigitte avait obtenu son diplôme et s'apprêtait à devenir professeur de sociologie. Bien sûr, elle mettrait des tailleurs ; de nombreux étudiants penseraient donc à elle, le soir, dans la pénombre de leurs révisions. Bien sûr, Hector supporterait assez mal cette idée, la jalousie le prenait en même temps que le bonheur. En l'épousant, il voulait faire d'elle la princesse d'un royaume dont il était le seul sujet. Alors, il proposa une tout autre chose : créer leur propre société ! L'idée était brillante, Hector devenait un être intelligent avec de jolies aptitudes à penser des projets de vie. Brigitte aussi désirait travailler avec lui, ne plus le quitter une seconde, l'aimer comme une affamée. Mais que faire ? Que faire ? lui demandait-elle. Alors Hector se fit prier pour révéler l'idée géniale qui lui avait traversé l'esprit. Debout sur le lit, le bras levé, il cria subitement :

« Pour les mythomanes !

— Quoi pour les mythomanes ?

— Une agence de voyages pour les mythomanes ! »

Telle était son idée. Et très vite, ce fut un grand succès. Hector quitta, au grand dam de tous, Gilbert Associate and Co. Ernest trembla d'émotion de voir son petit frère voler ainsi de ses propres ailes. Il pensa qu'un jour ce serait aussi le tour de sa fille Lucie, et qu'un jour plus lointain, il mourrait d'un

cancer lui rongeant les os. Nous étions voués à
l'épanouissement puis au pourrissement, et entre les
deux, il passait sa vie à enfoncer toutes les portes
ouvertes.

Le dimanche midi, ils adoraient inviter de la
famille. N'avait-on pas créé le dimanche midi pour
ça ? Brigitte était une piètre cuisinière capable de
rater un plat acheté à emporter. En revanche, elle
dressait assez bien les tables. Surtout cette table que
le couple utilisait parfois pour copuler sur du dur.
Elle vidait trois dindes avec une telle gaucherie
qu'Hector pouvait être fier de l'avoir épousée. Avec
la dinde aussi, ils avaient fait un truc. Tout le monde
s'entendit à merveille, carte postale. On parla moustaches, mais Gérard expliqua à Bernard qu'on ne
pouvait pas grimper le mont Ventoux avec une
moustache, le poil freine. Les parents de Brigitte
firent un signe de la tête, ils étaient tellement fiers
de Gérard quand il parlait vélo. Quand Lucie alla
se percer quelques boutons dans la salle de bains à
éclairage filtrant, les quatre parents du couple invi-
tant demandèrent à quand une descendance. Ernest
trouvait qu'on éduquait trop les enfants comme s'ils
étaient en vacances en Suisse : « C'est vrai, on dirait
tous qu'ils ont de l'asthme ! Dans de telles conditions, comment s'étonner de la mollesse et de l'im-
maturité de cette génération ? » Après cette théorie
ernestienne (qui, au passage, se fracassa dans une
sorte de consternation polie), Hector avoua que faire

un enfant n'était pas dans l'immédiateté de leurs projets. Et puis, on ne pouvait trahir Orange Mécanique qui commençait à se détendre dans ce nouveau bocal où il voyait la vie en rose.

Le projet actuel était plutôt d'agrandir AVM (l'agence de voyages pour mythomanes). Seules quelques semaines avaient suffi pour remplir à ras bord les classes. Si, au départ, AVM proposait surtout les États-Unis et l'Amérique du Sud, il n'existait pratiquement plus un coin du globe qui ne possédât son cours. On pouvait, en seulement six heures de cours, faire croire au premier venu qu'on avait passé six mois au Tadjikistan, en Irak, ou, pour les plus téméraires, à Toulon. Les professeurs de l'AVM enseignaient, selon leur propre expression, les anecdotes qui tuent toute opposition verbale, qui prouvent sans le moindre doute votre voyage. Et il y avait même des arguments passe-partout : pour parler d'un pays, dites que *rien n'est plus comme avant*, les gens seront toujours d'accord sans trop savoir de quoi vous parlez. Enfin, pour les plus riches, la société pouvait fournir des preuves, des souvenirs personnalisés qui pouvaient carrément franchir la barre peu respectable du photomontage. Ou, pour certaines régions réputées dangereuses, on pouvait blesser un peu. Il y avait par exemple une section : « Vietnam 1969, avec option blessure de guerre. »

*

À l'entrée de l'agence était encadré un article de journal qui exposait ce sondage réalisé auprès d'un échantillon représentatif de mille hommes.

a) Préférez-vous coucher avec la plus belle femme du monde sans que personne ne le sache ?

b) Préférez-vous que tout le monde croie que vous avez couché avec cette femme sans que l'acte se soit réellement produit ?

Le résultat confirme d'une manière excessive que, dans notre société, tout n'est qu'affaire de *considération des autres*. En effet, 82 % des hommes interrogés ont opté pour la seconde réponse.

*

Hector appréciait le fait de s'asseoir gentiment sur une chaise pour lire une revue de décoration. C'est fou le prix des meubles anglais. Il se sentait bien chez lui, avec sa femme. Parfois, l'ennui les prenait par surprise, lors de certains mardis ou samedis sans surprises qu'il fallait apprendre à tuer. C'est aussi dans ces moments qu'ils comprirent la valeur bourrative du sexe : on comblait le creux des existences en s'encastrant, on colmatait avec du sensuel. Hector posait sa revue et, en embrassant la bouche de Brigitte, il lui arrivait d'en avoir mal de bonheur. C'était un bonheur de partout qui surgissait comme une armée napoléonienne en Prusse. Les métaphores ne manquent jamais au moment de s'embrasser.

Grâce au succès de leur société, Hector et Brigitte déménagèrent dans un appartement de cinq pièces, composé d'un grand salon et de quatre chambres. Chaque soir, le couple torride changeait de lit pour faire l'amour. Ils pensaient vraiment que la routine était une question de lieu et non de corps, illusions.

II

Il est impossible de savoir exactement à quel moment la chose s'est produite. Il s'agit sûrement du vague écho d'un sentiment au départ incertain. D'ailleurs, on ne peut pas dire qu'Hector se soit alarmé dans les premiers jours.

Cet été était davantage qu'une promesse, on savait avec certitude que les rayons du soleil chatouilleraient les corps des amoureux ; à une époque où tout le monde parlait de la mort des saisons, sujet favori de tous ceux qui ont *vraiment* quelque chose à se dire, cet été n'allait trahir personne. Brigitte avait mis une tenue des plus quelconques pour faire ce qu'elle appelait *son* ménage. Hector voulait aider (leur mariage avait tout juste un an), mais Brigitte riait en disant que son aide lui ferait perdre du temps, ah les hommes. Hector se mit à chanter quelques paroles d'une vieille chanson, Brigitte adorait sa voix. Elle se sentait heureuse et rassurée, heureuse même dans le nettoyage du samedi après-midi. Cet été, ils avaient décidé de ne pas partir pour profiter de Paris sans les Parisiens. Ils se promèneraient le long de la Seine, le soir, avec les étoiles filantes et les amoureux fixés par leur bonheur. Brigitte serait une princesse. Pour l'instant, il fallait nettoyer. Les rayons du soleil trahissaient le manque de netteté des vitres.

Le manque de netteté des vitres, c'est le début de notre drame.

La vitre est ouverte. Au loin, on entend sûrement le bruit des femmes pressées et des hommes pressés de les rattraper. Hector, à son habitude, est assis à lire une revue de décoration, il pense au mobilier de son salon comme il pourrait penser à la rentrée scolaire de ses enfants s'il avait eu le temps de procréer. Brigitte s'active dans son ménage, Hector relève la tête, il quitte la revue. Brigitte est sur un escabeau en bois, ses deux pieds ne sont pas positionnés sur la même marche, si bien que ses mollets supportent deux poids différents ; autrement dit, le premier mollet sur la marche supérieure est d'une rondeur sans faille, alors que le second demeure marqué par la nervure de l'effort. L'un est naïf, l'autre sait. Après la vision de ses deux mollets, Hector remonte la tête pour embrasser du regard les hanches de sa femme. On perçoit un mouvement léger, des ondes régulières comme les calmes ressacs du soir, et il suffit de relever davantage la tête pour comprendre le pourquoi de ce mouvement. Brigitte nettoie les vitres. On ralentit. Brigitte nettoie la partie supérieure des vitres. C'est du bon travail, et le soleil profite déjà des premières brèches dues à la propreté. Avec délicatesse, avec évidence dans le poignet, Brigitte nettoie et traque les moindres traces sur les vitres ; il faut ne plus rien apercevoir, faire apparaître la transparence. Brigitte replace quelques mèches de cheveux dans sa queue-de-cheval. Hector n'a jamais rien vu d'aussi érotique. Certes, son expérience en matière d'érotisme ressemble au charisme d'une fissure. Le salon se chauffe au soleil. Sentant un regard bloqué sur elle, Brigitte se retourne pour vérifier : effectivement, son Hector de mari a les yeux rivés sur elle. Elle ne peut pas voir à quel point il a la gorge sèche. Et voilà, la vitre est propre. Hector vient de se confronter au bonheur, c'est aussi simple que ça. Il ne faut surtout pas y voir une manifestation machiste, Hector est l'échantillon le moins machiste qui soit, vous le savez. C'est juste que le bonheur ne s'annonce jamais. Dans certaines histoires, il se manifeste au moment où le chevalier sauve la princesse ; ici, il surgit au moment où le héros regarde l'héroïne laver les vitres.

Je suis heureux, pensa Hector.

Et cette pensée n'était pas près de le quitter.

Après le nettoyage, Brigitte partit rejoindre une copine pour profiter des soldes de juillet ; elle reviendrait à coup sûr avec deux robes, un gilet mauve, et quatre culottes. Hector avait rendez-vous avec rien, alors il resta assis face à la vitre propre. Puis, subitement, il se leva et s'étonna du moment d'absence qu'il avait vécu. Cela faisait une demi-heure que sa femme était sortie. Il avait végété, la gorge sèche, dans un monde mort. Aucune pensée n'avait traversé son cerveau.

En plein cœur de la nuit suivante, Hector repensa à ce grand moment pendant lequel sa femme avait lavé les vitres. Ce moment de bonheur pur, un instant dans la vie de ma femme, pensa-t-il, un instant adoré. Immobile, il se positionnait face à la nuit avec un sourire, humiliant par son étonnant développement tous les sourires de son passé. Tous ceux qui vivent un intense bonheur éprouvent la peur de ne plus parvenir à revivre un tel instant. L'étrangeté du moment élu le troublait tout autant. On aimait parfois d'une manière extravagante dans le douillet du quotidien, c'était peut-être aussi simple que ça. Il ne fallait pas chercher à comprendre, on gâchait trop souvent les bonheurs à les analyser. Alors Hector caressa doucement les fesses de Brigitte, sa culotte était neuve. Elle se retourna, inlassable féminité, et quitta ses rêves pour l'homme de son lit. Hector glissa le long du corps de Brigitte et lui écarta les cuisses ; elle perdit ses doigts dans ses cheveux. L'équilibre venait vite, leurs deux corps étaient face à face, blancs et utiles. Elle serrait fortement son dos, il attrapait sa nuque. Au bord de la sensualité somnolait la violence. Il n'y avait rien que l'acte. Les soupirs faisaient penser à des gorgées d'eau dans le désert. On ne pouvait pas savoir qui prenait le plus de plaisir, l'omniscience s'arrêtait devant les orgasmes possibles. On savait juste qu'Hector, au moment de venir, alors que sa tête avait été une coquille vide, au moment de jouir, était encore hanté par cette image, Brigitte qui lavait les vitres.

Les jours suivants passèrent sans encombre. Hector repensa à ce qu'il avait ressenti, sans être encore capable de percevoir le lien avec son passé. Se croyant complètement guéri de la collectionnite, il se moquait parfois de cette folle façon qu'il avait eue de mener sa vie en marge de l'essentiel. Depuis qu'il avait rencontré Brigitte, toute idée de rechute lui paraissait improbable. La sensualité évidente, la saveur brigittienne, toutes ces nouvelles sensations avaient un point commun : l'unicité. Il n'existait qu'une Brigitte comme la sienne, et en tombant en adoration devant un *objet unique*, l'objet de son amour, il se sevrait de son angoisse d'accumulation. On peut collectionner les femmes, mais on ne peut pas collectionner la femme qu'on aime. Sa passion pour Brigitte était impossible à dupliquer.

Et plus il l'aimait, plus elle était unique.

Chacun de ses gestes, unique.

Chacun de ses sourires, aussi unique qu'un homme.

Mais ces évidences n'empêchaient en rien la possible fascination pour un seul de ces gestes. N'était-ce pas ce qui se tramait dans le cerveau d'Hector ? Un peu trop sûr de lui, il oubliait son passé et l'acharnement avec lequel la collectionnite était toujours revenue s'imposer à lui. La pensée tenace du lavage de vitre respirait la rechute perfide. Hector devait faire très attention, une tyrannie le guettait, et, fidèle à sa légendaire impolitesse, la tyrannie ne frappait jamais avant d'entrer.

III

Ce que certains de nous redoutaient eut lieu. Clarisse ne se coupait plus les ongles depuis presque deux mois quand elle accepta un acte sexuel, somme toute assez sauvage, avec Ernest. Sa jouissance fut très honnête et lui coûta plusieurs griffures dans le dos, traces indiscutables d'une maîtresse tigresse. Grand frère d'Hector et grand dadais surtout, Ernest devait ne plus se dévêtir pendant une bonne douzaine de jours, et faire croire à Justine qu'il avait subitement froid au dos. La peur d'être découvert ne lui faisait pas regretter tous ces instants où il avait embrassé les épaules de Clarisse la tigresse dans l'obscurité d'une vaste chevelure. Si l'amour physique est sans issue, Justine s'enfonça dans l'impasse pour, en pleine nuit, soulever le tee-shirt de son mari qui, il faut dire, dormait depuis douze ans torse nu. Il y avait du louche, et les femmes sont toujours là pour repérer le louche. Il dut faire sa valise sans même finir sa nuit, et encore moins ce rêve érotique qui paraissait prometteur (une Chinoise). Avant l'aube, il sonna donc chez son frère pour lui dire qu'il couchait avec une brune du cabinet, Clarisse est son prénom, et que sa femme, maudites griffes, venait de le débusquer, est-ce que je peux dormir chez toi, enfin dormir, il doutait d'y parvenir, mais c'était juste que dormir à l'hôtel avec ce qui venait de lui arriver, ça ne le tentait pas. Hector trouva l'énergie nécessaire pour déployer simultanément compassion, tendresse fraternelle, et proposition d'un lit-canapé aussi mou que moderne. Ernest se sentit bien dans ce nouveau lit (et si la Chinoise revenait...), avant de se ressaisir dignement dans le malheur.

Ernest avait toujours été solide. Adepte des grandes phrases sur la vie, le voilà qui se transformait en loque du dimanche. Et c'était le pire des dimanches, celui qu'on nous raccourcissait d'une heure. Il rattrapait toutes ces années où il ne s'était pas lamenté. Le pauvre homme s'enfonçait dans le tunnel... Et sa fille ! La petite Lucie, mon Dieu, il ne la verrait plus jamais ! Il ne serait même pas là quand elle rentrerait au petit matin avec les yeux rouges des adolescentes molles et dépravées. Voilà, tout était fini. Il fallait toujours regarder les ongles des femmes avec qui on couche. Quel nigaud ! Il ne lui resterait plus que le travail, il s'y plongerait dès demain pour crouler sous les dossiers. Quant à son divorce, on connaissait le dicton : les cordonniers sont souvent les plus mal chaussés, etc. Là, c'était pareil ; les avocats plaidaient affreusement mal leur cause. C'est aussi pourquoi ils se mariaient souvent entre eux, pour annuler l'effet. Ernest demanderait à Berthier de s'occuper de lui. Il était brave ce Berthier. De plus, en tant que célibataire endurci (Berthier avait atteint ce degré de célibat où l'on oublie l'existence des femmes), il ferait tout pour accélérer les choses. Entre hommes qui allaient s'emmerder sec dans la vie, il fallait s'entraider. Non vraiment, il serait parfait ce Berthier. Il aurait même mérité d'être mentionné plut tôt dans cette histoire.

*

Hector fut très perturbé par la mauvaise passe de son frère, et davantage encore par une étrangeté : Ernest, jusqu'ici champion quasi olympique du bonheur, plongeait au moment précis où lui-même voyait enfin la vie en rose. Ses parents n'avaient pas voulu de deux fils en même temps ; autrement dit, ils ne pouvaient être tous deux, simultanément, assis sur la même case. On aurait dit que la roue avait tourné et qu'Ernest allait vivre à son tour, et pour le plus grand bonheur d'Hector, une vie de dépressif. Leur vie de frère était une schizophrénie.

*

Cette supposition de la roue qui tourne entre les frères paraissait bien absurde, car Hector n'était pas au summum de sa forme. Les périodes ingrates guettent toujours derrière les bonheurs. Cela pouvait paraître ridicule, surtout dans un tel contexte (une si belle Brigitte, une société en pleine expansion, un enfant dans les astres du plus tard), mais Hector paraissait effectivement fébrile. Depuis ce matin, il tournait en rond, et se sentait bien incapable de s'échapper de ce rond. Brigitte, dans une robe légère que tout été mérite, venait de quitter l'appartement. Hector ressemblait à pas grand-chose. Il n'arborait même pas la barbe de l'homme fatigué ; ses poils, si peu conquérants, ressemblaient à des employés le lundi matin. À tous les coups, une huître se serait ennuyée en sa compagnie.

Un peu plus tard, on le retrouve assis dans son fauteuil. D'atroces pensées circulent dans son esprit. Face à la vitre lavée le samedi précédent, ou était-ce un samedi plus lointain (le souvenir lui revenait souvent, si bien qu'il ne savait plus exactement à quand remontait ce moment où jamais il n'avait été aussi heureux), il restait silencieux. L'évanescence captée, la sensualité attrapée, il aurait pu mourir ce jour-là puisque Thomas Mann avait écrit : « Celui qui a contemplé la Beauté est déjà prédestiné à la mort. » Brigitte lavant les vitres, c'était un peu son *Mort à Venise* à lui. Mais Hector ne savait pas qui était Thomas Mann, alors il pouvait survivre. L'inculture sauve bien des vies. Ah, ce samedi après-midi ! Mythique moment où le temps, par respect pour une telle beauté, aurait dû s'arrêter ! Hector, face à la vitre, toujours et encore face à la vitre, pleurait d'amour. Pouvait-on autant aimer une femme ? Une femme dans toute la force de sa fragilité. C'est cet instant qu'il regardait en souvenir. Cet instant du lavage qu'il n'avait pas choisi comme on ne choisit pas un coup de foudre. Si tous les couples retournent inlassablement sur le lieu de leur rencontre, Hector avait bien le droit de revivre ce moment où Brigitte avait lavé les vitres. Ce moment serait le pèlerinage de son amour.

Alors, il passa sa journée à salir la vitre.

Salir une vitre propre en essayant de faire croire qu'elle a été salie naturellement n'est pas un exercice si simple que ça. Et Hector, avant de parvenir à une véritable perfection d'illusion naturelle, avait essayé en vain plusieurs formules. Par tâtonnements successifs, il venait d'atteindre la perfection pour ce qu'il fallait bien considérer comme un nouvel art. Sa composition victorieuse était la suivante : quelques traces de doigts savamment disposées, une mouche attrapée en plein vol puis écrasée sur-le-champ (la rapidité de cette exécution est primordiale car une mouche agonisante, avec ses ultimes soubresauts, salit plus qu'une mouche déjà bien morte), un peu de poussière de rue et, pour couronner le tout, un indispensable et léger filet de bave...

Hector parlait au téléphone avec son frère — on m'a prêté un studio le temps de me retourner, alors c'est vite fait, dit Hector pour faire un jeu de mots, et Ernest rit pour faire croire qu'il avait compris — quand Brigitte rentra du travail. À peine eut-il raccroché qu'il justifia son absence au travail par un mal de tête. Brigitte esquissa un sourire :

« Tu es autant patron que moi, tu n'as pas d'excuse à me donner ! »

Il n'y avait pas de temps à perdre. Brigitte devait repérer la saleté de la vitre. Immédiatement, il fut face à l'un des plus grands défis de notre humanité : essayer de faire découvrir à quelqu'un ce qu'il n'a pas l'intention de voir. Hector, si pressé, pensa à dire, de la manière la plus anodine possible : « Tiens, les vitres sont sales. » Mais il se rétracta ; ce n'était pas possible. À tous les coups, elle lui aurait demandé pourquoi, lui qui était resté à la maison toute la journée, n'avait pas pris le temps de passer un coup de pschitt... Cette facilité, qui pouvait déraper en scène de ménage, était donc à écarter. Il devait l'attirer dans le salon, et lui faire découvrir le pot aux roses. Après, il était à peu près certain qu'elle nettoierait tout de suite : elle ne laisserait jamais survivre une telle vitre. Mais ce fut interminable, on aurait dit le jour le plus long. Brigitte avait des milliards de choses à faire en cuisine, ou dans les chambres et quand, enfin, miracle du soir, il réussit à l'attirer dans le piège du salon, elle ne regarda pas une seule fois en direction de la vitre. À croire qu'elle le faisait exprès, la garce. Hector sautillait devant la vitre, puis baissait subitement la tête. Elle riait de ses idioties, mon comique de mari. Il regrettait amèrement de ne pas avoir forcé le trait, de ne pas avoir carrément craché une sorte de morve incroyablement évidente. Il serait peut-être temps, il suffirait qu'elle tourne le dos et il se jetterait pour salir encore ! Bien trop excédé par la situation, bien trop exténué par l'envie, il se sentait incapable d'attendre davantage. Il opta donc pour la solution la plus médiocre, et attrapa Brigitte par la taille. Devant la baie vitrée, il lui proposa de contempler un des paysages les plus romantiques qui soient.

« Chérie, si tu lèves les yeux, tu pourras remarquer une chose assez étrange...

— Ah oui, quoi ?

— Eh bien, figure-toi qu'on voit l'immeuble d'en face...

— Oui, et alors ?

— Et alors, et alors, c'est fou... Et regarde, on peut voir ce qui se passe dans les appartements.

— Ben oui... C'est ce qu'on appelle un vis-à-vis. Dis donc, ton mal de tête, ça ne va pas mieux... (*Après un temps.*) Mais elle est dégueulasse cette vitre ! »

(Jouissance du chasseur quand il capture sa proie, extase du guerrier dans la conquête, la vie est douce comme certaines sentinelles sur ta peau.) Sans surprendre personne, il adopta un petit ton minable pour s'étonner :

« Ah bon, tu trouves qu'elle est sale ? Moi, je n'avais pas remarqué...

— Je ne sais pas ce qu'il te faut... je n'ai jamais vu une vitre aussi dégueulasse ! »

Brigitte s'activa avec la douce aisance des femmes jamais prises au dépourvu. Hector, ne pouvant réfréner une petite érection, recula de trois mètres pour se vautrer dans son fauteuil. Il ressemblait à un glaçon qui glisse au fond d'un verre d'alcool, juste avant de flotter. Brigitte, n'étant pas dotée d'yeux dans la nuque, ne remarqua rien. Elle ne vit pas son mari, et encore moins la traînée de bave qu'il laissait échapper, bave qui commençait à se répandre sur une cravate pourtant innocente.

C'est alors.

C'est alors que le téléphone sonna.

Hector ne se laissa pas perturber, tout le reste n'existait plus. Brigitte, au bout de trois dring, se retourna et demanda s'il comptait répondre avant la mort de celui qui appelait (Brigitte était donc une femme drôle). Elle ne repéra pas la bave au pedigree pourtant immanquable, nous étions encore dans l'amour aveugle. « Oui, j'y vais », s'empressa-t-il de dire. Il ne fallait surtout pas la contrarier, elle était comme enceinte. Celui qui téléphonait au pire moment méritait au minimum qu'on lui arrache les mains, et les cordes vocales, et les cheveux. Hector marchait à reculons, les yeux accrochés au spectacle.

Il décrocha le combiné, le laissa agoniser quelques secondes en l'air, et le raccrocha en humiliant la base même de son principe.

« C'est une erreur ! » cria-t-il machinalement.

Il retourna s'asseoir. Subitement, sans trop savoir par où ça passait, l'émotion le submergea. Des sanglots balayèrent son visage, tout comme les hommes de Magritte tombent du ciel. Hector ne regrettait rien de rien. La beauté de cet instant venait de se répéter. Sans la surprise de la première fois, et pourtant il y avait davantage dans la magie de cette seconde fois, une incroyable dose d'appréhension, une angoisse de la déception, et, en apothéose, pour recouvrir l'adrénaline, ce fut le ravage du soulagement. La vitre propre, le rideau rouge. Brigitte redescendit de l'escabeau, mais ne put bouger car Hector s'était jeté à ses pieds et soupirait des mercis. Il s'agissait forcément d'une manifestation de l'humour redoutable de son mari, alors, elle aussi, elle se mit à sourire. Elle se mit à sourire comme une femme qui trouve idiot celui qu'elle aime.

IV

Laurence souleva le plat pour respirer, à pleins naseaux, l'air des paupiettes. Elle se sentait bien dans sa cuisine tout confort, et profitait de ce samedi soir entre amis pour décompresser ; bientôt, elle serait en finale d'une compétition primordiale pour sa carrière internationale. Son entraîneur lui avait laissé une dizaine de jours de congé, mais elle n'avait pu s'empêcher d'aller taper la balle, et de travailler son mythique coup de poignet ; enfin, on connaît. Marcel avait eu la bonne idée d'inviter Hector et Brigitte à dîner. Elle était heureuse de revoir l'ami de son mari. Elle ne savait pas trop pourquoi mais depuis presque deux ans, il évitait copieusement de la croiser. Enfin, elle s'en doutait un peu quand même. Hector avait une peur bleue d'elle depuis cette mauvaise affaire de palpage de testicules. Pourtant, de son point de vue à elle, cela n'avait été que témoignage d'affection. C'était donc aussi pour mettre les choses au clair qu'elle l'appela en cuisine.

Socialement, il ne pouvait pas refuser.

Il pénétra dans la salle de préparation des paupiettes, le visage blanc et le sang froid. Ou le contraire.

« Je peux t'aider en quelque chose ? demanda-t-il.

— Oui, j'aimerais qu'on discute tous les deux, une seconde... en fait, voilà... je ne comprends pas pourquoi tu me fuis depuis tout ce temps... Quand tu es parti aux États-Unis, j'ai cru que c'était à cause de moi... »

En disant ce qu'elle venait de dire, Laurence s'avança lentement mais sûrement vers Hector, elle voulait pacifier leur relation, s'excuser de son agression sexuelle, et pourtant, en le voyant, ce meilleur ami de son Marcel, une pulsion basse la démangea, pulsion irrépressible comme au temps des tragédies de Racine. Elle se précipita alors sur lui, Phèdre des paupiettes, et c'est en voulant attraper à nouveau les testicules d'Hector que sa main heurta une surface dure. En prévision de cette soirée, et par une appréhension somme toute justifiée, Hector avait protégé son entrejambe d'une coquille de footballeur. Laurence cria, et aussitôt, tout le monde débarqua en cuisine. On fonça aux urgences, et le diagnostic fut sans appel : Laurence avait l'auriculaire foulé. Le lendemain, cela fut largement relaté dans les journaux sportifs : *Laurence Leroy déclare forfait.* Les deux fans qu'elle avait à Évry pleurèrent.

Hector se sentait coupable. Tout sportif professionnel devrait avoir le droit de palper les testicules de qui lui plaît, surtout pas de contrariété. Gérard, avant Ouarzazate-Casablanca, avait dû s'en donner à cœur joie. Il se sentait si fautif, et c'était une impression trop lourde à porter (rappelons qu'il devait déjà assumer son attirance anormale pour le lavage de vitre brigittien). Le moral des Français serait en baisse à cause de lui. Avec l'équitation et l'escrime, le ping-pong est l'une de nos plus grandes fiertés. Nous sommes un peuple physique ! Et voilà que nous n'étions plus rien qu'un tas d'auriculaires foulés.

Ce qui vient d'être relaté n'est pas tout à fait exact, et ce hors-piste de la réalité doit être attribué à Hector. Son imagination avait voyagé vers le pire. Laurence s'était certes blessée, mais grâce à son ami

kinésithérapeute, elle avait pu se rétablir, et partici-
perait à la finale, ouf. Elle fut toutefois mentalement
fragilisée, et pour la première fois depuis douze ans,
elle demanda à Marcel de l'accompagner. Bien trop
émotif pour suivre les matchs de sa chérie, il n'avait
jamais voulu venir. Dans le contexte de l'auriculaire
foulé, il allait devoir dépasser son angoisse. Pour
affronter cette situation, il n'eut d'autre solution que
de supplier son ami Hector de venir avec lui. Bien
que le ping-pong fût de très loin le sport qui l'intéressait le moins au monde, sa culpabilité encore fraîche
le poussa à accepter. Ils partiraient ce samedi pour
toute la journée. Hector demanda à Brigitte si ce
déplacement non prévu depuis au moins six mois ne
la dérangeait pas. Pas du tout s'empressa-t-elle de le
rassurer ; elle était une femme parfaitement capable
d'improviser tout un samedi comme ça. Et puis, à la
sauvette, de la voix la plus anodine qui fût, elle avait
ajouté :

« J'en profiterai pour faire un peu de ménage. »

Phrase qui était aussitôt restée en l'air pour devenir l'unique air de la tête d'Hector. Comment pouvait-il penser à autre chose ? Elle ferait un peu de
ménage, elle ferait un peu de ménage. De grandes
bouffées d'angoisse l'agressaient. Il n'osait poser la
question le hantant, il n'osait demander le détail de
ce ménage. Mais elle coupa court à toute interrogation car elle ajouta qu'elle en profiterait pour laver
les vitres. Sur le moment, et de manière totalement
brutale, il repensa à sa tentative de suicide. Et puis,

il tenta de se ressaisir, c'était un homme après tout ! La première idée qui lui vint fut de nettoyer lui-même les vitres le samedi matin ; au moins, il serait certain qu'elle ne le ferait pas en son absence. Ou alors, il pouvait annoncer à Brigitte qu'il pleuvrait beaucoup dimanche, annonce qui rendrait caduque une entreprise de lavage de vitre, l'eau de pluie adorait humilier les vitres propres. Des dizaines de parades envahissaient sa tête, rien ne pouvait l'angoisser davantage que de ne pas assister à un éventuel lavage, ce n'était tout simplement pas concevable. Il se retrouva devant un miroir, et grâce à cette vision, il coupa net le défilé zigzagant de son esprit. Il tremblait, et par ce mouvement, il lâchait des perles de sueur. Il sentait que son destin à nouveau lui échappait, et qu'il redevenait un tas de chair en proie à des démons obscurs. Un éternel retour gigotait en lui.

Nous avions, pardon, sous-estimé la propension d'Hector à être tordu. Il faut dire que la décision qu'il venait de prendre avait quelque chose de choquant ; en tout cas, pour tous ceux qui n'avaient pu accéder aux premières loges de sa névrose. Alors qu'il s'était vu tremblant et suant quelques minutes auparavant, il venait d'avoir une révélation : jamais il ne devait empêcher Brigitte de laver les vitres. Son problème n'était pas qu'elle fît le ménage, mais plutôt de ne pas être là. Par conséquent, il considéra qu'il n'avait d'autre choix que de poser une caméra dans un recoin de l'appartement. Caméra secrète bien sûr, et il se délecterait des images à son retour. Voilà, il avait sa solution. Samedi, il pourrait partir l'esprit tranquille et soutenir Marcel qui soutenait Laurence. D'ici là, il ne se rendit pas au travail, et acheta un matériel suffisamment performant. Il ne regretta pas tous ces moments passés à lire des revues sur la technologie de pointe et les meubles modernes ; il fut même satisfait que ce temps lui fût enfin rentable. Pendant toutes ses démarches, il ne repensa pas un seul instant à l'Hector d'avant, celui capable d'agir dans l'unique intention d'obtenir un objet. Comment faisait-il pour ne pas comprendre à quel point il avait rechuté ? Sa maladie, en le rattrapant, lui avait bandé les yeux.

On avait heureusement un ami qui, encore et toujours, allait nous expliquer notre vie. Et pourtant, Marcel n'en menait pas large. Égoïstement, il savait que si Laurence avait le malheur de perdre le match, l'ambiance à la maison serait des plus mauvaises, et on pouvait toujours rêver pour revoir un hachis parmentier en vrai. Ce n'était évidemment pas la pensée principale de Marcel, et tout son cœur s'unissait en ondes cosmiques avec le sous-Dieu délégué aux affaires de ping-pong. Il ne faisait pas le fier, de petits maux d'estomac le narguaient. Et c'est finalement à cause de ce malaise que les deux amis en arrivèrent à parler du lavage de vitre. Voulant divertir, espérant ainsi atténuer les échappées gastriques de son ami, tentant par tous les moyens de concentrer vers un ailleurs cet homme qui manquait de l'asphyxier, Hector pensa bien faire en racontant ses dernières péripéties. Il se mit donc à expliquer comment il avait caché une caméra sur le haut d'un meuble, caméra qui se déclencherait à chaque mouvement dans l'axe d'une vitre sale. Sa démarche fut couronnée d'un grand succès car Marcel, choqué par ce qu'il venait d'entendre, arrêta net tous ses pets. Dépité, il demanda quelques informations complémentaires : comment tout cela avait commencé, comment une si folle idée lui était venue, etc. À peine les explications finies, il dévoila l'atrocité de son diagnostic.

« Hector, tu as replongé ! »

Dans un premier temps, Hector pensa piscine. Puis, il sortit la tête de l'eau pour comprendre le sens figuré du mot « replongé ». Il lui fallait du silence pour digérer la terrible annonce. Tout concordait, chaque parcelle de sa nouvelle passion collait, instant par instant, à sa vie d'avant. Cette fascination foudroyante pour un objet, et l'envie irrépressible de le collectionner. Cette fascination foudroyante pour un moment de sa femme, et cette envie irrépressible de le revivre. Il énonça alors, en détachant chaque syllabe, cette sentence : « Je collectionne les moments où ma femme lave les vitres. » Hector répéta cent douze fois cette phrase. La sueur, la frénésie, il collectionnait un moment de sa femme. Encore et encore, le choc de l'évidence. Et plus il y pensait, plus il avait envie d'un petit coup de lavage de vitre ; il était déjà accro. Il essaya de ne pas pleurer, et pourtant comment faire pour ne pas penser à cette terrible question : était-il possible d'être un autre homme ? En rencontrant Brigitte, il avait cru toucher à la merveille de l'unicité, à la femme des femmes unique dans chacun de ses gestes, unique dans sa façon unique de se mordiller les lèvres, de passer ses mains dans ses cheveux du matin, avec sa grâce et son élégance, femme des femmes, unique en écartant les cuisses. Et pourtant, rien à faire, toujours la même saloperie, lancinante et absurde, toujours cette vie de ver de terre à mener dans une terre réduite.

Marcel lui prêta son mouchoir. Il promit de l'emmener à Deauville manger des moules. Tout irait mieux. Cette idée des moules aurait pu l'achever mais, de manière surprenante, Hector reprit quelques couleurs. Le souvenir du lavage lui fit esquisser un sourire (une brèche dans sa bouche). Le malaise paradoxal du collectionneur est qu'il trouve dans son vice sa plus grande source de réjouissance. Transformé en collection mentale, le moment du lavage de vitre était devenu sa possibilité de ne pas vivre une vie molle (lors d'une séance de psychanalyse, on lui dirait qu'il cherche à tuer le père). Quand Brigitte lavait les vitres, c'était son refrain, c'était la chanson que chantent les amoureux sous la pluie. L'absurdité de sa vie avait le charme des clichés.

Alors, il n'était pas malheureux ; il lui suffisait simplement de penser à son secret. Pour se sentir bien, il avait trouvé la solution : ne pas chercher à guérir ! Il était comme ça, un point c'est tout. Il aimait les lavages de vitres de sa femme comme d'autres aiment aller aux putes en promenant le chien. Il allait entamer une énième vie souterraine. Bien sûr, il y avait une part non négligeable de risque : filmer à son insu la femme de sa vie, on avait vu mieux pour la paix du ménage.

Marcel adorait acheter des journaux quand il prenait le train ; des journaux simples où l'on parlait faits divers, modes d'été et gens célèbres. Sous le coude, on avait un hebdomadaire qui faisait sa couverture sur *l'étrange affaire des disparitions*[1]. Deux jeunes filles avaient été enlevées dans le même quartier de Paris. On apprenait tout de leur vie, mais on n'avait aucun élément sur le ravisseur. Hector, encore tout ébaubi par sa résolution, pensa qu'il ne connaîtrait jamais le ravissement de sa personnalité. On arriva enfin dans une ville qui ressemblait un peu à Saint-Étienne. Et Laurence gagna son match 23 à 21. Elle était douce quand elle gagnait.

---

1. Si nous mentionnons cette affaire des disparitions, c'est qu'elle aura son importance pour notre histoire. Ici, rien n'est jamais superflu, nous ne supportons pas le gras.

V

Brigitte ne se rendit compte de rien, la caméra avait été d'une discrétion digne d'un documentaire animalier. Hector, à son retour, fit comme si de rien n'était, ce qui fut incroyablement facile puisque *faire comme si de rien n'était* était l'attitude pour laquelle il avait le plus de dispositions. Le samedi soir, ils firent l'amour en tentant de s'épuiser le plus possible pour que le dimanche, journée parfois difficile à tuer, se déroulât dans la torpeur d'une récupération physique. Enfin, ils auraient mieux fait de s'abstenir car il se produisit un événement grave (et étrange pour des gens qui considéraient le dimanche comme une journée difficile à tuer) : c'était Mireille qui appelait d'une voix chevrotante, un problème de soupe, pensa Hector, et, en définitive, ce fut bien plus grave puisque ce coup de téléphone annonçait la mort de son père. « Ah mon Dieu... », soupira Hector. Et, trois minutes plus tard, il ne ressentit plus grand-chose. À part, peut-être, quelques gargouillis dans l'estomac, signes qu'il avait faim.

La mort a ses défauts, elle encombre la vie des bien-portants en laissant sur leurs bras ceux qui ne meurent pas. Une mère, par exemple. On devrait toujours mourir en groupe, ce serait comme un voyage organisé. Hector ne savait pas trop pourquoi toutes ces pensées cyniques lui traversaient l'esprit, c'était peut-être l'effet de la mort, on s'endurcissait d'un coup d'un seul. Hector ne pleurait pas, mais Brigitte, adorable perspicace, comprit qu'un événement anormal venait de se produire. Elle s'approcha de son homme qui subitement avait une tête d'enfant, et posa une main douce sur sa joue.

« Quelque chose ne va pas ? »

Hector pensa à ce moment, était-ce un écho de son délire cynique, qu'il pourrait tout obtenir de cette femme. Quand on perd son père, combien peut-on gagner de lavages de vitres ?

Ernest était le grand frère, alors il se chargea d'accueillir leur mère. Hector passa la nuit avec eux. Il y avait aussi Justine qui était revenue au domicile conjugal, après avoir tenté de mener une vie de célibataire. Ils avaient joué leur crise, et puis voilà, on oubliait tout. Hector pensa tout de suite à son histoire de chance qui tourne. Dans son esprit, le retour de Justine annonçait la fin prochaine de son pseudo-bonheur. Aucun doute : une menace karmique planait sur les deux frères, ils ne pouvaient être heureux en même temps (au moins, les Karamazov étaient tous trois unis dans le glauque). Entre frères, il faut s'entraider. Tu parles, il n'était même pas capable de se faire une petite année de malheur de rien de tout, fallait que monsieur se rejustinifie. Pour se détendre, il alla acheter une soupe en sachet et la prépara pour sa mère. Ça lui remonterait le moral, sa soupe quotidienne. Finalement, ce fut loin d'être le cas. Alors que les deux frères motivaient Mireille pour qu'elle s'alimente un peu, au moins de quoi survivre jusqu'à l'enterrement, elle accepta et se retrouva nez à nez avec une douloureuse révélation : la soupe en sachet était bonne. Toutes ces années, elle avait acheté, lavé, épluché douze millions de légumes pour, au moment où son mari mourait, se rendre compte que notre société moderne fournissait de délicieuses soupes toutes faites. Elle entra dans une dépression qui n'aura de fin que la fin de son souffle. Hector accusa le coup, et posa cette nouvelle culpabilité sur la somme des culpabilités qu'il avait à supporter pour le restant de sa vie.

Les quelques jours précédant l'enterrement, Hector avait beaucoup tourné en rond, attitude qui commençait à le caractériser. Il se tassait dans son âge et considérait, pour la première fois, qu'il n'avait pas d'enfants. Quand il mourrait, qui viendrait errer autour de sa tombe ? Qui viendrait jeter des fleurs ? Personne ; sans progéniture, les tombes restent des tombes, et ne connaissent jamais le douillet des pétales. Il semblait à Hector qu'il avait toujours cherché une bonne raison de faire un enfant, et qu'il venait de la trouver là, dans l'évidence de sa future solitude. Il devenait mesquin, accroché à ses bénéfices vitaux, on ne l'aimait pas trop dans ces moments-là. Suite à la lecture d'un article consacré aux meilleures positions en vue d'une procréation (le côté travailleur d'Hector, un goût pour les choses efficaces), il attrapa Brigitte tel un animal en rut. Elle pensa qu'il avait besoin de se rassurer du décès de son père en copulant à tout va. Sur ce point, elle n'avait pas tout à fait tort. Mais tomber enceinte n'était pas dans ses projets. Alors, quand elle comprit les velléités d'expansion de son mari, elle avoua ne pas être prête. Elle proposa un chien, histoire de s'habituer en douceur.

Il pleuvait ce jour-là, c'était d'un cliché ! La mort est toujours un cliché. On ne va pas innover et fanfaronner le jour de sa mort. De toute façon, on est toujours allongé pareil. Les femmes s'étaient habillées en noir ; et les talons aiguilles rappelaient au défunt le tic-tac de l'horloge qu'il n'entendrait plus. Les larmes de la mère coulaient doucement. Sur son visage, on pouvait lire la vie vécue, et la vie courte qui lui restait à vivre. On déposa une petite plaque devant la tombe :

Il avait tant aimé ses moustaches

Hector s'arrêta sur ce mot, moustaches. Son père était dans ce mot, la mort de son père était dans ce mot. Il ressentit subitement les moustaches comme un poids qui s'enlevait, dans le ciel les poils s'élevaient. Il avait toujours vécu dans l'angoisse et le manque, toujours resserré dans la petitesse d'un salon avec une grosse horloge. La mort de son père, il y pensait à cette expression : et toutes ses inquiétudes disparaissaient, toutes les collections, tous les besoins de toujours se protéger ; d'un père mort, on ne peut plus rien attendre. On devient responsable de sa carapace. Il levait les yeux au ciel, toujours les moustaches, et, au-devant du ciel, une grande vitre s'incrusta. Une grande vitre que Brigitte lava aussitôt.

VI

Comme une femme qu'on ne déshabille que partiellement, Hector avait attendu plusieurs jours avant de regarder la cassette. Il l'avait rangée dans un coin calme du salon et maintenant qu'il entrait dans une phase de l'après-midi où il n'était ni vu ni connu, il pouvait envisager de recueillir le troisième volet de sa collection. Bien assis, le téléphone décroché, Hector allait se délecter de ce moment délicieux. Immédiatement, il ressentit quelque chose d'étrange : comment dire, c'était la première fois qu'il regardait Brigitte alors qu'elle se pensait seule. Le changement n'était pas grossier pour un non-connaisseur de Brigitte mais chaque écart de conduite, si minime fût-il, sautait aux yeux d'Hector. Il trouvait qu'elle se tenait moins droite. C'était une question de millimètre, un léger rien futile, mais en vidéo cachée on voyait toutes les modifications de la femme aimée. Pour tout dire, on s'ennuyait en la regardant.

Elle ne crevait pas l'écran. Au mieux, on aurait pu lui accorder une figuration dans un téléfilm italien du dimanche soir. Hector se reprit. En attente du moment fatidique, il critiquait inconsciemment tout ce qui n'était pas ce moment. Brigitte devait être lavage de vitre, ou ne devait pas être.

Hector appuya sur pause, et contempla chaque millimètre du mollet brigittien. Il venait d'avoir une idée, une improvisation dans le bonheur : il fallait mettre de la musique sur les images ! Il pensa à Barry White, à Mozart forcément, aux Beatles, à la musique du film *Car Wash*, et finalement, il opta pour une chanson allemande très connue dont les paroles ressemblent à peu près à ça : *nanenaille*, *iche-nanenaille*, *nanenaille*, *iche-nanenaille* (traduction phonétique). Quand on filme sa femme en train de laver une vitre, on ne s'économise pas sur les détails. Tout devait être parfait. Le plaisir sensuel est une science physique dont chacun possède son propre Einstein. Lui, cette musique allemande l'excitait. Brigitte était merveilleuse ; pour la troisième fois, il la voyait dans toute la pureté de son déploiement féminin. À plusieurs reprises, il arrêta la cassette. Ses yeux, grands ouverts comme une bouche avant l'éternuement, grappillaient chaque particule du film. Hector devenait complètement dépendant aux lavages de Brigitte, si bien qu'il ressentait presque un non-plaisir à la satisfaction (difficile parfois de faire l'amour à une femme tant aimée). Il était bien sûr encore capable de saisir le *carpe diem* d'une vitre propre, mais comme tout judéo-chrétien qui habite Paris, il fut rattrapé par une culpabilité rive gauche. Le plaisir satisfait avait toujours cette couleur venimeuse des ères collaborationnistes. Il se sentait sale, son père venait de mourir et il s'excitait bassement. Toute sa vie n'avait été qu'une mascarade, il était médiocre et la honte marchait sur sa figure. La honte boitait sur sa figure.

C'est alors.

Oui, c'est alors que l'enregistrement s'arrêta puisque Brigitte descendit de l'escabeau et sortit du cadre. L'image suivante fut le retour de Brigitte, mais cette fois-ci, elle était accompagnée d'un homme. Oui, un homme ! Hector manqua de s'étouffer, et pourtant aucun bretzel n'agonisait à l'horizon de son larynx. Il n'eut pas le temps de mettre sur pause ; et c'est souvent ainsi que débutent les grands drames de nos vies. L'homme et la femme (oui, Brigitte était devenue « la femme », l'impression subite de moins la connaître) discutent quelques secondes, et leurs bouches sont proches, bien trop proches, les sales bouches. À cause de *nanenaille, iche-nanenaille, nanenaille, iche-nanenaille,* on ne peut clairement entendre ce qu'ils se disent. On distingue presque une ambiance nouvelle vague dans cette ambiance de trahison corporelle. Mais, sûrement peu cinéphile, l'homme se transforme en bête, baisse son pantalon, et écarte les cuisses de Brigitte ; le tout est exécuté, il y a du record là-dessous, en moins de douze secondes.

Stop (Hector arrête la cassette).

Dans un premier temps, on ne réfléchit pas, on pense à se jeter par la fenêtre, on pense au corps de l'autre homme, on pense au moment où il gigote sur Brigitte. Le salaud ne lui a même pas laissé le temps de laver les vitres ; à tous les coups, c'est un pervers. Et dire qu'il était avec un ami pour assister à un match de ping-pong ; il avait toujours détesté ce sport de merde, un sport inventé pour rendre les hommes cocus. La chair de Brigitte souillée un samedi après-midi, ça sentait la pauvreté du fait divers de province, si ça se trouve, elle devait avoir un lien familial avec cette chose masculine, un truc consanguin qui ferait de cette affaire dégoutante une affaire humiliant l'humanité. Il devait respirer pour reprendre les choses en main, et reprendre les choses en main c'était chercher ce maniaque pour lui tordre le cou. Seulement, il n'y connaissait rien en violence ; il s'était quelquefois battu pour des objets, mais jamais on n'avait franchi le cap fatidique de l'agression physique. Une sueur froide s'empara de lui au souvenir du dos velu de l'inconnu, dos large comme une mâchoire de requin, elle le trompait avec un néandertal du samedi. La lâcheté possible de sa future action grignotait du terrain dans son cerveau de timoré. Il existait probablement d'autres solutions, il pensa engager un tueur, un truc propre et professionnel, une balle dans la nuque, et là, il ferait moins le malin avec sa chose *ad vitam* ramollie, son immonde chose qui avait exploré le mythique intérieur de Brigitte. Mais franchement, où trouver un bon tueur un vendredi en plein milieu de l'après-midi ? Il avait peur qu'on lui refourgue un stagiaire qui aurait oublié de brûler le nom du commanditaire avant d'appuyer sur une gâchette, si ça se trouve, même pas huilée.

Hector n'avait pas lu Aragon, et finalement on n'a pas besoin de lire Aragon pour savoir que le plaisir sensuel est une dictature. La tyrannie par excellence qu'on ne renverse qu'en se renversant soi-même. Alors, les idées de trouver un tueur, les idées de faire son homme sont de joyeuses ridicules quand on a frôlé, un seul et sévère instant, l'idée du bonheur. Quitter Brigitte voudrait irrémédiablement dire qu'ils ne se verraient plus ; et ne plus se voir voudrait irrémédiablement dire qu'il n'assisterait plus aux lavages de vitres. Son intelligence stimulée par le choc redoutable qu'il venait de vivre nous entraînait dans de belles vérités évidentes. Et de ces évidences découlait une vérité unique : l'impossibilité de parler de ce qui s'était passé à Brigitte. Il fallait préserver coûte que coûte la collection « lavage de vitre » ; ne rien mettre en péril, quitte à passer pour un lâche. Être lâche, oui, mais pour le plaisir. On pouvait y voir un vice, bien que chaque sensualité soit toujours le vice d'un autre : les sadosmasos doivent juger bien vicieux les amateurs de missionnaire. Hector était piégé par son plaisir sensuel. Il n'avait donc pas le choix, et quand Brigitte rentrerait le soir, il la regarderait droit dans les yeux, et il ferait son plus beau sourire, celui testé le jour du mariage.

On l'aimait bien, ce sourire.

Troisième partie

UNE SORTE DE DÉCADENCE

I

Ce n'est pas plus idiot de rester avec une femme qui vous trompe pour la voir faire les vitres que de faire le tour du globe juste pour voir un instant la beauté du lobe de cette femme aimée, que de se suicider comme Roméo et Juliette (à tous les coups, cette Juliette devait être une championne du lavage de vitres), que d'aller cueillir des edelweiss pour sa belle du seigneur, que de partir à Genève juste une journée pour chercher le Ritz qui n'existe pas, que d'avoir besoin de vivre des bulles sensuelles, que de t'aimer avec cette façon de ressembler à une moustache stalinienne, tout ça c'est pareil, alors Hector n'avait pas à se sentir coupable de sa petite dérive sensuelle. Chacun a son malheur d'aimer. Toutefois, faire croire à une femme qu'on ne sait pas qu'elle nous trompe facilite la paix du ménage. Après l'après-midi qu'il venait de passer, Hector n'était pas contre un peu de repos dans le mensonge. Il ne pouvait plus la regarder tout à fait comme avant ; pour tout dire, c'était même bien pire, puisqu'il avait une vision constante de l'amant. Quand il regardait sa femme, il voyait une femme dans laquelle s'était encastré un rustre à la tête d'apparatchik tchèque. Comme il y avait un bon film à la télévision ce soir-là, ça passait. On serait dans le canapé, c'est agréable un canapé, on dirait un enfant fraîchement adopté, et on partagerait un beau moment de gentille américanisation. Brigitte trouvait étrange l'attitude d'Hector. Elle essayait de savoir ce qu'il avait, et forcément, dans la plus grande tradition des paniques soudaines, il enchaîna plusieurs « rien rien » qui sonnèrent, il faut dire, assez piteusement. Désespéré, il jeta un rapide coup d'œil à la vitre, et en considéra la décevante propreté ; il aurait encore plusieurs jours, peut-être plusieurs semaines, à attendre sous la sueur d'un autre homme. Il mentit en disant qu'il avait mal à la tête (c'était la troisième fois qu'il utilisait la même excuse ce soir-là) et, à nouveau, Brigitte fit effervescer deux aspirines dans un verre d'eau. Ce fut son sixième de la soirée, et pour le coup, il commença à ressentir un début de mal de tête.

Systématiquement, les nuits du vendredi soir débouchent sur des samedis matin (aucune capacité à nous surprendre). Et, il y a une semaine, le samedi précédent, Brigitte trompait Hector dans les conditions atroces qu'on connaît. Comme par hasard, ce matin, le réveil à peine révélé, elle demanda le programme de son mari (son adultère avait tout l'air d'être réglé comme une horloge suisse). Est-ce qu'il avait franchement une tête à avoir un programme ? Hector n'avait jamais rien de prévu, et surtout pas les jours où sa femme cherchait à se renseigner en vue de copuler pendant qu'il aurait le dos tourné dans son programme.

« Je n'ai rien de prévu... et toi ? »

Il fallait en avoir des poils, pour rétorquer ainsi. Mais madame ne vacilla pas d'un cil, rien, pas une sueur (alors que lui, dans une telle situation, en serait déjà à lever le bras gauche pour faire fuir un infarctus), les femmes sont fascinantes. Dans le mensonge et dans la vérité, les femmes sont fascinantes. Brigitte avait donc des courses à faire et puis, en fin d'après-midi, de cinq heures à sept heures, elle verrait son frère. Gérard avait bon dos, qu'est-ce qu'elle pouvait faire avec lui un samedi en fin d'après-midi ? Non, ce n'était pas possible, personne ne voyait son frère ce jour-là. Les frères, ça se voit surtout le mardi midi. Alors le sang d'Hector fit plusieurs tours (au passage, il battait déjà un dicton). Il entrait de plein fouet dans le sursaut de dignité que tout cocu connaît bien. Monsieur voulait ne rien faire, et attendre gentiment le prochain lavage de vitres ; mais quand monsieur entendit sa femme lui déployer son emploi du temps de menteuse sous le nez, alors il voulut la débusquer. Les hommes sont aussi petits que leurs résolutions : il n'avait pas tenu une demi-journée. À peine Brigitte eut-elle quitté leur si bel appartement (jadis, ils avaient été heureux) qu'Hector décrocha le téléphone pour appeler le frère alibi. L'associé confirma, forcément. Comment avait-il pu croire un instant qu'il la lâcherait ? Les familles cachent toujours des adultères dans les caves, ce sont les Juifs de l'amour. Apparemment, son alibi était plausible, ils devaient acheter un cadeau pour l'anniversaire de mariage de ses parents. Les salauds, ils étaient aussi de mèche. Toute la famille devait bien se marrer derrière son dos, ses oreilles sifflaient comme les trains à la frontière suisse. Il aurait dû se méfier, quel idiot ! Heureusement qu'il avait été frappé de passion pour le lavage de vitre de sa femme ; sans cette chance, il n'aurait jamais rien su du complot familial qui se tramait autour de lui. À présent, il devait faire très attention et, pourquoi pas, envisager de placer d'autres caméras.

Si Hector venait d'appeler Gérard, il avait été dans l'obligation de trouver un prétexte à cet appel. Gérard n'était pas le genre d'homme qu'on appelle comme ça, il fallait du concret. Grossièrement, et dans la panique, Hector n'avait rien trouvé d'autre que de lui proposer un tour de vélo en fin d'après-midi. En le prenant par les sentiments, il aurait peut-être craqué. Comme nous le savons, il avait confirmé avec un surprenant aplomb, malgré la tentation cyclistique, l'alibi de sa sœur. En revanche, il n'avait pas été précisé le dommage collatéral d'une telle attaque. Gérard, d'une incroyable bonne humeur, proposa de le faire tout de suite, ce tour de vélo ; c'est vrai, pourquoi reculer demain quand on peut sauter maintenant ? C'était vraiment un abruti ce Gérard (maintenant que le mariage partait à vau-l'eau, Hector n'allait plus s'extasier sur les vélos de son beau-frère, et sur cette course de sous-fifres maghrébins que le premier cycliste dopé européen aurait gagnée), mais comme c'était un abruti dont la masse musculaire était inversement proportionnelle à la masse neuronale, il ne fallait pas, comme qui dirait, le contrarier. Hector dut enfiler un short, et ça lui donnait l'apparence d'un candidat de droite aux municipales. Il se regarda dans la glace pour se trouver amaigri, on n'avait pas besoin de s'approcher pour repérer les saillies de certains de ses os.

Gérard lui fit la bise, on est de la famille. Je viens de faire cent pompes du bras gauche, ajouta-t-il en guise de bienvenue. On descendit illico à la cave prendre le vélo d'ami qu'utiliserait Hector, un vélo qui se révélerait légèrement sous-gonflé pour éviter que l'ami ne se transformât en potentiel rival. Dans les escaliers, on croisa un voisin souriant ; et si habituellement Gérard était toujours incroyablement convivial, ce croisement-ci se déroula dans une froideur déconcertante (une expresse poignée de main). On pouvait aimer faire du vélo avec son beau-frère mais de là à snober un voisin, ce n'était pas très correct. Hector eut le temps de percevoir de l'incompréhension dans l'œil du voisin, mais laissa échapper dans l'instant cette sensation. C'est un peu plus tard, alors que le Bois de Vincennes ressemblait à un manège tant il tournait autour, qu'il fut rattrapé par une double impression :

1) Ce voisin est incontestablement un ami de Gérard qu'il a fait semblant de ne pas connaître.

2) Si la seconde impression est encore plus diffuse, elle semble en voie de s'éclaircir. Hector avait le sentiment d'avoir déjà vu cet homme, et pourtant il n'était jamais venu chez son beau-frère avant cette histoire de vérification d'alibi. Était-ce une célébrité ? Non, on ne snobe pas les gens célèbres dans les escaliers. Son regard azur, ce regard, il le connaissait, il le connaissait pour l'avoir vu plusieurs fois... Ouarzazate-Casablanca ! C'était l'un des cyclistes du podium !

On roula encore, Hector regarda sa montre : cela faisait presque douze minutes qu'ils pédalaient. Pourquoi le temps paraissait-il si lent à vélo ? C'est le sport parfait pour tous ceux qui pensent que la vie passe trop vite. Les mollets et les cuisses en action aéraient l'esprit, on se demandait pourquoi Gérard était demeuré si con. C'est alors que, d'une manière très intelligente (notre héros), Hector feignit un malaise et s'arrêta sur le bas-côté de la route. En grand professionnel de la médecine sportive, Gérard enchaîna quelques claques bien toniques pour rétablir le mourant.

« Si tu veux continuer, vas-y, moi je m'arrête », agonisa Hector.

Il mit ce malaise sur le dos de son manque d'entraînement. Après tout, il n'avait pas commis d'acte sportif depuis 1981, la marche pour fêter comme tout le monde la victoire de François Mitterrand ; depuis, François Mitterrand était mort des suites d'une longue maladie longuement cachée aux Français, et lui n'avait toujours pas eu d'occasion concrète de refaire du sport. Le vélo battait subitement le ping-pong dans la liste de ses sports méprisés. Gérard paraissait très embêté car, pour lui, l'idée de la famille était aussi sacrée qu'un roi ; on n'avait pas le droit d'abandonner un membre familial sur le bas-côté des routes, c'était proscrit dans les lois de sa religion. Mais comme son Dieu principal était le vélo, il repartit pour quelques tours en solitaire. Hector alla s'asseoir sur un banc pour récupérer, et c'est sur ce banc que lui vint cette pensée machiavélique : dénoncer Gérard. C'était chacun pour soi, et si toute la famille de Brigitte s'unissait contre lui, il devait utiliser les armes qu'il possédait, y compris la plus basse d'entre toutes, la délation. Il défendait ses intérêts comme le premier animal venu en temps de guerre. Il n'allait quand même pas se faire égratigner salement et mourir à petit feu sans jamais revoir un lavage de vitres.

Au bout de trois quarts d'heure d'efforts, Gérard revint à peine essoufflé. Il avait monté, et surtout descendu comme jamais ; les accoudés du bistrot de la porte de Vincennes, Chez Kowalski, pouvaient même témoigner de cette capacité à descendre. Il fallait un minimum d'intelligence pour mentir et l'intelligence de Gérard, tant convoitée par toutes ses attitudes humaines, ne laissait que des miettes un peu partout. Il n'avait donc pas pensé à s'acheter un chewing-gum. Hector recula de quelques centimètres son horizon nasal pour pouvoir suivre les exploits de son beau-frère. Il le coupa net :

« Je sais que tu n'as pas gagné Ouarzazate-Casablanca.

— ...

— Et si tu ne me dis pas qui voit ta sœur ce soir à cinq heures, je révèle tout à ta famille... Et à tous tes amis alcooliques !

— ... »

Si Gérard était un tantinet mythomane, tout le monde s'accordait à le trouver gentil. Il n'avait pas l'habitude qu'on l'agresse (il y avait déjà eu polémique sur cette course, mais l'affaire était réglée depuis longtemps, et dans son esprit, enterrée ; bien sûr, les mensonges sont des Lazare toujours prêts à se dresser dans le miracle d'une nouvelle lumière...), et c'est pourquoi sa capacité à répondre s'enraya un instant. Il y a une expression qui parle du calme avant la tempête, hum, à peine remis de ce qu'il venait d'entendre, il se déchaîna violemment sur Hector. Il lui cassa deux dents puis s'arrêta :

« Le mieux est de régler ça chez moi ! »

Hector chercha par tous les moyens possibles à se rétracter, mais il avait cassé le nerf sensible de Gérard. C'était toute sa vie, Ouarzazate-Casablanca ;

le socle sur lequel il avait coulé ses jours. Aucune négociation n'était possible ; en deux temps trois mouvements, les deux échantillons de cette même famille se retrouvèrent dans la cave de Gérard. Un peu plus tôt dans la journée, quand ils étaient venus chercher dans cette même cave le vélo d'ami, Hector n'avait pas remarqué l'immense affiche du film *Le Silence des agneaux*. Soudain, lui revint en mémoire un flash d'une seconde, vague réminiscence d'une discussion pseudo cinéphile où Gérard avait pratiquement les larmes aux yeux en évoquant les scènes de séquestration de son film préféré.

II

Dans cet espace près de l'agonie, Hector repensait à ces moments où la chair l'avait enfin délivré de l'infini identique de sa vie. Les détails pourtant inoubliables des premiers moments de son amour pour Brigitte étaient embrumés dans la vapeur d'un plaisir souverain, subtilement tyrannique. Alors qu'il ne ressentait presque plus les coups que lui assénait Gérard (il existe un stade étrange où la douleur rejoint la sensualité), le sang dans sa bouche se transformait en produit nettoyant pour vitres. Il ne suppliait pas, il ne disait rien. Ligoté comme un jambon de contrebande, il attendait la mort gentiment sur un quai, avec l'espoir qu'il n'y aurait pas de retard comme la précédente fois. Bien sûr, il ne mourrait pas ; si Gérard avait peu d'expérience en matière de brutalité excessive, il savait, et ceci grâce à ses connaissances cinéphiliques, qu'il fallait simplement faire très peur à l'infâme traître qui menaçait de parler. Il comptait donc arrêter ses coups de poing dès qu'il entendrait la promesse éternelle du silence éternel de sa victime. Mais en lieu et place de ce silence, il était face à un sourire. Hector, plongé dans une extase jugée perverse par le bourreau, découvrait un plaisir quasi masochiste. Gérard ne comprenait pas : dans *Le Silence des agneaux*, la victime ne souriait pas ; bon, d'accord, elle se faisait dépecer, mais avec ce qu'il avait balancé (ses poings lui faisaient mal), ce beau-frère souriant à pleines dents moins deux lui paraissait une vision hallucinante. Gérard se mit subitement à trembler devant celui qu'il torturait. Et, une minute plus tard, il se jeta à ses genoux :

« Oui, c'est vrai... Je n'ai jamais gagné Ouarza-zate-Casablanca ! Pardon, pardon ! »

Hector revint de son voyage sensuel. La douleur des coups s'imposa subitement de toutes parts. Il promit de ne rien dire à personne ; de toute façon, il n'était même plus certain de posséder encore une langue capable de former des mots. Il essaya de se relever, et Gérard l'aida. Une grande incompréhension de ce qu'ils avaient vécu les gênait. La lutte avait opposé deux gentils, tous deux agressés dans leur sensible : la gloire potentielle pour l'un, le potentiel érotique pour l'autre. Deux gentils pris au piège de l'ambition de sauvegarder, coûte que coûte, la peau de chagrin de leur vie.

Sur ce point commun, on s'embrassa.

Hector rentra chez lui en marchant, trouvant vaguement des repères géographiques à sa dérive. Les gens le regardaient dans la rue, ce qui ne lui était pas arrivé depuis le jour de son suicide ; il pouvait donc classer définitivement cette journée dans l'anti-palmarès de ses gloires. Il entra dans une pharmacie pour acheter de quoi se désinfecter, et coller quelques pansements sur son visage. Les nombreuses plaies l'obligèrent à se recouvrir presque complètement. Sur son passage, il entendit une voix le comparer à l'homme invisible. C'était idiot, on ne pouvait pas ressembler à l'homme invisible, car personne ne l'avait jamais vu, l'homme invisible.

En bas de son immeuble, Hector alluma une cigarette au grand étonnement de ses poumons. Il fuma comme un adulte, en avalant des volutes mort-nées. Après la cigarette, si aucune femme ne tombait du ciel, on pouvait essayer de continuer à vivre normalement. Ses idées reprenaient une forme cohérente dans leur enchaînement. Il regrettait d'avoir voulu faire chanter le cycliste. Tout serait plus simple si les femmes qu'on aime ne lavaient pas les vitres. Débordant d'amour, il se serait résigné à cet écart sexuel et aurait pardonné. Peut-être seraient-ils allés voir un psychologue pour couples bancals ? On aurait raconté pourquoi on avait tant besoin d'autres corps pour avancer, pourquoi on était des carnivores se nourrissant de chair étrangère. On se serait assis sur un canapé, le docteur aurait voulu nous voir séparément aussi. Pour comparer, pour cerner le problème, pour comprendre pourquoi la femme d'Hector, femme si érotique dans son rien, éprouvait le besoin de se faire prendre debout dans le salon familial. Il y avait bien une raison à cela.

Hector reprit conscience de sa douleur. Il n'en revenait pas d'être ainsi revenu aux temps glorieux de ses périodes minables. Comment avait-il pu accepter une telle humiliation ? Le lavage de vitres était sublime, mais avait-il le droit de s'abaisser à ce point ? Comme au plus grand moment de la collectionnite, il écrasait sa dignité pour un objet. C'était bien là son problème, il ne s'estimait pas plus qu'un objet. Il n'était rien, et au moment où il pensa cette pensée il passa devant une glace pour bien se rappeler son invisibilité. Je suis un objet, pensa-t-il. Pour guérir, il devrait peut-être essayer de se collectionner lui-même ! Il voulut sourire mais son sourire était enfermé dans les bandelettes désinfectantes. Il ne voulait pas rentrer chez lui ; il regarda s'il y avait de la lumière. Non, personne. Sa femme avait peut-être un orgasme en ce moment.

Hector n'avait plus de larmes.

Loin de l'hypothétique orgasme de sa femme, Hector glissa sur une masse molle et odorante. Il y avait beaucoup de chiens dans ce quartier presque chinois. Quatre adorables badauds s'arrêtèrent devant l'amateur de patinage non artistique, non pour l'aider à se relever, mais pour regretter en communauté d'avoir manqué une telle chute. Il se releva, avec plus de peur que de mal, comme on dit ; mais souvent, on oublie que *la peur* est un tout petit os situé près de la hanche. Plus tard, quand il serait chez le médecin, mardi prochain en fin d'après-midi, le docteur Seymour essaiera de vous prendre entre deux rendez-vous avait dit Dolorès l'assistante intérimaire, puisqu'il avait insisté pour voir ce radiologue, on lui confirmerait une fêlure de la peur.

Cela faisait une semaine qu'il était officiellement cocu. On avait le droit de compter ce qu'on voulait. Il avait même le droit de fêter ce titre de gloire. Bien des hommes rêveraient d'être cocus, juste pour pouvoir tromper à leur tour, enfin sans culpabilité. À l'évidence, il adaptait ses subites théories à son état de futur érémitique. Il n'y avait aucun doute sur une telle échéance car on disait les femmes bien plus entières que les hommes. Elle le quitterait, donc. Et il ne serait alors plus rien qu'un homme quitté. L'idée du lit vide qui se dessinait dans sa tête le faisait suffoquer. Son amour allait partir et laisser froids les draps. Le café aussi serait éternellement froid (mais comment faire le café ?). Il passerait ses journées devant la télévision, et son pyjama porterait des taches indélébiles. Il oublierait que, lui aussi, avait été un homme capable de se raser le matin. Et puis non, ce n'était pas possible ! Il refusait ce destin de timoré dépressif ; il devait considérer sa vie avec plus d'ambition. Il allait changer, il devait changer ! Par amour, il se sentait prêt à se passer des lavages. Il pardonnerait le corps velu de cet autre homme, le corps heureux de cet autre cerveau absurde. Il pardonnerait les errances de la chair, les nécessités de s'encastrer à tout va pour exister ! Chacun connaissait le sens de ses dérives. Alors, il fallait accepter sans trop chercher à comprendre.

La prendre par surprise, il ne voyait aucune autre stratégie pour reconquérir sa femme. Lui ouvrir les yeux par l'étonnement. Il pensa l'accueillir par un dîner somptueux, elle qui reviendrait pleine d'une sueur étrangère. On pouvait aussi soigner l'adultère par de l'amour. Elle avait aimé le rôti de Laurence, l'autre fois. Malheureusement, sa résolution s'arrêtait dans son intention, car il n'était pas en état de préparer quoi que ce soit ce soir. Il l'emmènerait alors au restaurant, et pour fêter cette sortie incroyablement surprenante, elle entourerait son corps d'une robe de princesse. Ce serait le bonheur, le restaurant. Il y aurait des chandelles qui plongeraient dans une semi-obscurité les failles évidentes du couple. Cette idée du soir où tout recommencerait remonta le moral qu'on avait cru mort d'Hector. Il entra dans son immeuble, oubliant à quel point il n'était pas au summum de son apparence physique. L'odeur de défécation canine persistait tellement qu'on était en droit de se demander ce qu'avait bien pu manger ce chien.

Par chance, il ne croisa personne dans les escaliers.

Par malchance, en entrant chez lui avec sa tête de nulle part, il surprit tous ceux qui cherchaient à le surprendre depuis une bonne heure déjà et qui, avec ce superbe art du qui-vive, se mirent à crier : « Bon anniversaire ! » Il reconnut Marcel, Brigitte, Ernest et les autres. Il fallait vraiment être con pour être né ce jour-là.

III

Hector était exactement le type d'homme qui ne supporte pas qu'on lui organise des anniversaires ; dans sa tête, il n'y voyait que conspiration. On avait parlé derrière son dos, on avait arrangé la surprise comme d'autres fomentent des traîtrises. Sans compter qu'il ne les avait pas aidés avec sa surprenante initiative : aller faire du vélo avec Gérard, quelle idée ! Les salauds avaient un peu paniqué ; mais ils étaient retombés sur leurs pattes d'organisateurs de surprise (de vrais professionnels). Il ne savait même pas quel était son âge. Tous ces gens d'incroyable humeur avaient forcément préparé un gâteau qui ne manquerait pas de le lui rappeler. Voilà pourquoi ils étaient tous là, pour fêter le compte à rebours, pour tasser sa fausse jeunesse dans la chantilly. Avec sa tête, l'ambiance sombra. On se demanda ce qui lui était arrivé. Hector constata que le jour où il se retrouvait face à tous les gens qu'il connaissait, son apparence était un creux de la vague. Il y avait là le signe incontestable d'une vie sociale ratée. Pourtant, cette chute de moral collectif fut éphémère. Quand on organise un anniversaire surprise, on est obligé de surjouer la bonne humeur (il faut être invité pour avoir le droit de tirer la gueule). Ils se sentaient tous responsables d'infliger une telle humiliation à Hector. Alors, ils se laissaient aller à des sourires mielleux. Ne se démontant pas, la famille et les amis poussèrent la chanson classique. Là, il n'y a jamais de surprise, on chante toujours « joyeux anniversaire... ».

Comme souvent (c'est une mauvaise habitude), Hector voulut mourir sur-le-champ. La honte que tous lui infligeaient était incommensurable. Lui qui avait décidé de changer, lui qui avait décidé d'assumer la nymphomanie naissante de sa dulcinée, on l'écrasait injustement dans sa tentative de devenir un homme responsable. Ils jouaient tous avec lui, depuis toujours et pour toujours. À commencer par ses parents qui avaient décidé de le mettre au monde juste pour se venger du départ de son frère. On ne fait pas deux enfants à vingt ans d'écart, on n'a pas le droit... Il ne bougeait pas, figé dans le malaise d'être lui. À cet instant, il aurait tout donné pour avoir partout des objets protecteurs, des collections immenses de timbres ou de piques apéritif qui le cacheraient aux yeux de tous. Au milieu d'eux, il y avait sa femme, sa Brigitte. Elle n'était donc pas avec son amant ; elle l'aimait encore un peu. C'était vague comme sensation, infime nuance, et pourtant, il ressentait le doux écho de l'espoir : elle l'aimait encore... Elle préférait son anniversaire à l'activité corporelle avec un autre. Finalement, ce n'était pas si inutile de naître un jour, et de fêter ce jour. Elle l'aimait... Sur ce petit bout d'amour qui restait, il voulait vivre son futur comme un naufragé sur une île déserte.

Mireille, sa mère, s'approcha de lui pour savoir ce que son chéri avait. Il fallait vraiment du monde pour qu'elle l'appelât chéri. Ce retour brutal à la réalité n'eut d'autre conséquence que de le faire fuir. Il descendit les marches, mais pas toutes. Autrement dit, il manqua une marche. Et se retrouva après une roulade assez spectaculaire sur le palier d'un voisin. Dans l'incapacité de se relever, il se sentait comme un sanglier blessé par un chasseur aviné. Brigitte qui avait couru à sa suite le serra dans ses bras pour le rassurer. Hector tremblait. Il ne s'était rien cassé mais la roulade, ajoutée aux quelques déconvenues de cette journée, l'avait effrayé. Cette journée qui commençait à lui paraître un peu longue. « Ne t'inquiète pas mon amour, je suis là... » Et lisant avec précision dans la douleur de son mari, elle ajouta : « Oui, je vais leur dire de partir. »

Alors les invités quittèrent l'anniversaire avorté.

Remontant dans leur appartement, elle l'allongea sur le lit. Il avait mal de la trouver si belle, et ses autres douleurs râlèrent de ce surplus inutile. Elle le déshabilla et passa une éponge tiède sur les rougeurs de son corps. Ne sachant pas très bien par où commencer, elle n'osait pas trop lui demander ce qui lui était arrivé. Elle ne comprenait pas non plus pourquoi il essayait de lui sourire. Il était si heureux qu'elle s'occupât de lui. Elle l'aimait forcément pour être si douce. Elle l'embrassait même sur une plaie avec l'étrange espoir que sa salive acide aurait pour effet une cautérisation immédiate. Ses lèvres aspiraient aussi le venin de l'incompréhension, fallait-il vraiment chercher à savoir ? De toute façon, Hector ne pouvait pas parler. Brigitte, elle, devait parler.

« Est-ce que ton état a un rapport avec la vidéo ?... Enfin, ce n'est pas ça... J'ai du mal à comprendre pourquoi tu ne m'as rien dit... J'ai attendu toute la semaine que tu m'en parles... C'était faux ! Un truquage ! Tu ne vois l'homme que de dos, et nous faisons semblant. Le jour où tu es parti, j'ai repéré les caméras... Et je ne savais pas quoi faire. J'ai voulu t'appeler pour que tu m'expliques. Je me suis demandé si tu étais fou. Et puis, j'ai préféré me venger en mettant en scène un adultère... Et toi, tu n'as rien dit ! Pendant une semaine, tu n'as rien dit... Tu as cru que je te trompais, et tu es resté muet... Je ne peux plus croire que tu m'aimes... »

Brigitte n'avait donc pas commis un acte sexuel dans leur salon ; il s'agissait d'une machination. Elle avait exprimé une semaine de retenue. Le sourire d'Hector s'étira en grand écart. La lenteur de son esprit ne lui avait pas encore permis de comprendre que, maintenant, ce serait à lui de rendre des comptes. D'expliquer pourquoi il avait filmé la femme de sa vie.

« Pourquoi est-ce que tu m'as filmée ? »

Elle enchaîna cette question, et des larmes irrépressibles noyèrent cette question. On nageait dans l'incompréhension. Hector chercha à la rassurer du regard, lui dire à quel point il l'aimait. Il aurait voulu la rendre éternelle par son amour. Et c'est au cœur de ces sphères déréalisées qu'il pensa à sa réponse. Avait-il le choix ? Pouvait-il faire autrement que de lui dire toute la vérité ? Si elle aimait, elle saurait le comprendre, non ? Est-ce qu'on quitte un homme qui vous avoue adorer plus que tout votre façon de laver les vitres ? C'est une déclaration comme une autre, un ravage particulier de la sensualité. Les femmes aiment les hommes originaux, les marginaux, non ? Enfin, pour savoir ce qu'aiment les femmes, il faut au moins en connaître deux, pensa Hector. Il se leva, et prit la main de Brigitte, cette main qu'il avait vue avant de voir son visage, on rencontre souvent les femmes de sa vie devant les livres. Tous les deux, ils marchaient vers le salon. Et l'homme montra du doigt la vitre, et la femme face à la vitre demeura dans la plus grande incompréhension. Jusqu'au moment où il s'expliqua :

« Je voulais te filmer en train de laver les vitres. »

Quatrième partie

UNE SORTE DE SENSUALITÉ

I

Persuadé que plus personne ne voudrait jamais le revoir, Hector s'apprêtait à vivre le destin solitaire d'une pluie d'été. On n'avait pas le droit de ne pas assister aux surprises que les autres nous organisent. Brigitte le rassura comme elle savait si bien le faire. Elle avait appelé la famille et les amis pour leur expliquer les raisons de la fuite subite. Elle avait inventé une chute dans la rue (un alibi béton). Il fallait comprendre, n'est-ce pas ? Qui n'aurait pas fait pareil ? Seul Gérard avait paru dubitatif, forcément, mais comme il ne comprenait pas souvent ce qu'on lui racontait, sa sœur ne repéra pas ce dubitatif. Pour l'instant, il fallait sauver la face, faire croire aux autres qu'il n'y avait rien de grave, que les chutes étaient fréquentes dans nos sociétés glissantes. Elle se forcerait même à rire. Les femmes arrivent toujours à maintenir le cap dans la dérive chronique des hommes. À présent qu'elle avait écarté les interrogations des autres, elle se retrouvait face à la sienne. Immense, majeure interrogation, interrogation sans le moindre écho dans l'histoire des interrogations. Comment réagir face à un homme qui vous filme secrètement, qui vous filme en train de laver les vitres ? A priori, après l'énervement initial, elle ne pouvait le considérer autrement que malade. Et on ne quitte pas les malades, surtout ceux qu'on aime d'un amour maladif. Car elle l'aimait, il n'y avait aucun doute. Pendant plusieurs jours, ils étaient restés enfermés dans l'appartement. Elle avait été infirmière. Il aurait voulu que cette maladie dure encore, juste pour éterniser cette sensation d'être assis dans la main de son amour. La maladie faisait de lui un objet. Il se sentait occupé comme un pays vaincu, plus le moindre responsable de son corps. Leur couple se soudait dans ces jours en silence ; sûrement, cette phase était nécessaire avant de s'expliquer, de réfléchir au futur. Le silence pansait l'évidence de leur amour. Sans les mots, les gestes étaient d'une tendresse accentuée. Les mains se parlaient à la façon des ombres chinoises, on mimait de douces déclarations. Dans ces moments, on frôlait l'euphorie. Une sorte d'extase des bêtes primitives. Les derniers jours, Hector grimaçait pour faire croire à des douleurs ici et là. Il se laissait aller au rêve fou d'une vie dans l'absence des mots, des hommes et des choses. Une vie dans la contemplation de sa femme.

On n'allait tout de même pas vivre éternellement cette vie d'ermite. Brigitte voulait et devait savoir. Pourquoi il l'avait filmée, et surtout, pourquoi il n'avait rien dit. Deux pourquoi dont les réponses dessineraient leur futur. Hector était très mauvais en explication. Parler de lui l'angoissait. Il avait peur qu'elle ne le comprît pas et qu'elle prît un avion pour quitter le pays, et des trains et des bateaux pour s'éloigner irrémédiablement de lui. Le premier mot qui se forma dans sa bouche fut le mot « rechute ». Lentement, il réussit à évoquer son passé de collectionneur, la défaite avec Nixon, le mensonge du voyage aux États-Unis... Bref, il bégayait sa vie comme un roman. Et il avoua enfin qu'il voulait collectionner les moments où elle lavait les vitres. C'était sa nouvelle collection, la plus absurde, la plus folle, la collection qui gâchait sa vie stable, et pourtant, en l'évoquant, son cœur palpitait. Jamais il n'avait été aussi heureux dans une collection que dans cette collection dont sa femme était l'héroïne. Lucide sur le drame qui se jouait, il n'en rejetait pas moins la puissance sensuelle d'un tel moment. Brigitte hésita un instant à être flattée, avant d'admettre le ridicule d'une telle pensée. Son mari était malade. Enfin, tout de même, peu de femmes étaient capables de rendre fous leurs maris juste en lavant les vitres... Et plus elle trouvait incroyable ce qu'elle écoutait, plus elle savait qu'elle ne le quitterait pas.

Hector sanglotait. Sa vie n'était qu'une longue maladie. Coupable d'avoir rechuté de façon si atroce, c'était à lui de prendre ses responsabilités (cette expression lui donnait la nausée) et de partir. Il n'avait pas le droit de pourrir leur amour. Jusqu'à cette terrible collection, il n'avait jamais impliqué personne dans sa maladie. Brigitte lui était nécessaire ; sans elle, la collection n'existait pas. L'équation était d'une rare perversion. Dramatiquement, il chercha sa valise. « Je dois partir ! » cria-t-il en levant le poing. On aurait dit un acteur à l'essai pour un rôle de doublure. Ceux qui partent d'une manière si ostentatoire ne partent jamais. Sa femme se mit à rire de ses facéties et de la bizarrerie de leur couple. Elle avait rêvé, dans les heures de la jeunesse où les clichés règnent, d'une vie avec un homme fort et protecteur ; ensemble, ils auraient eu des enfants : un garçon amateur de football, et une fille jouant mal du piano. Jamais elle n'avait rêvé d'un mari qui saliverait devant sa façon de laver les vitres. Elle aimait pourtant cette idée plus que tout : chaque seconde de sa vie ne ressemblait vraiment pas à une idée déjà mâchée.

« Pose ta valise ! »

Hector obtempéra dès le mot « pose ». Elle mit un doigt sur la bouche de son mari, signe bien connu qui incitait au silence. Elle le prit par la main, et lui proposa de marcher vers le salon. Lentement, ils passèrent leur couloir. Et dans la pièce où avait eu lieu le choc du lavage, elle énonça d'une voix si Lolita :

« Ainsi, tu aimes que je lave les vitres ? »

Il bougea la tête de haut en bas. Elle reprit :

« Tu sais, mon amour... Tous les couples ont leurs fantasmes et leurs lubies... Et pour tout te dire, je préfère encore ça que si tu m'emmenais dans une boîte à partouze... En plus, c'est assez pratique puisque ça me permet de nettoyer les vitres... Non, je ne vois rien de dérangeant, je trouve même que nous sommes un couple relativement normal... Et moi, ta femme que tu aimes, c'est mon devoir d'assouvir ton fantasme... »

Sur ce, elle monta sur le petit escabeau magistralement prévu à cet effet. Hector, qui n'était pas d'accord avec le mot « fantasme » (il s'agissait de pulsions irrépressibles et pathologiques, alors que les fantasmes, on pouvait s'en passer), n'eut pas vraiment la possibilité de produire des sons puisque, à peine le mouvement du lavage entamé, sa gorge devint sèche. Il y avait dans cet opus une particularité sublime qui propulsait ce moment dans les sommets de sa collection : cette particularité était l'annonce proprement dite du moment. Sa femme l'avait regardé droit dans les yeux pour lui dire : « Je vais laver les vitres pour toi »... Incontestablement, ce lavage comptait parmi les chefs-d'œuvre ; pour ne pas dire le chef-d'œuvre de sa collection. Oui, c'était l'apothéose. Et il comprit l'ingrédient majeur qui, en plus de l'annonce, l'achevait de plaisir : le manque de culpabilité. Pour la première fois, il se délectait de sa fascination sensuelle en pleine lumière. Il n'était plus terré dans l'obscurité de ses étrangetés.

Une fois la dernière saleté nettoyée, Brigitte redescendit vers son mari. Hector ne savait comment la remercier. Brigitte le coupa :

« Ne me dis pas merci... Encore une fois, c'est normal dans un couple... Et si nous voulons que notre couple fonctionne, il faudra aussi que tu assouvisses mes fantasmes... »

L'esprit d'Hector s'arrêta un instant sur cette dernière expression. Il n'avait jamais pensé que sa femme en eût, des fantasmes. Brigitte était bien trop pure pour ça... Ou alors, son fantasme, c'était peut-être d'allumer la lumière, une fois, comme ça, en faisant l'amour. D'allumer la lumière juste pour faire les fous. Ça devait être ça, son fantasme. Brigitte si douce, Brigitte aux mollets divins, Brigitte qui s'approchait de son oreille pour lui révéler son fantasme.

Hector réussit à tomber alors qu'il était assis.

III

Hector apprécia une qualité jusqu'ici sous-estimée chez sa femme : l'intelligence de la situation. Elle les plaçait tous deux sur un pied d'égalité. Elle se transformait en animatrice sensuelle pour sauver leur couple. En équilibrant la relation, elle polissait leur différence, rendait poreuse leur frontière. Brigitte avait des ressources infinies en compassion ; si subitement la compassion devenait vitale pour faire rouler les voitures, les États-Unis l'attaqueraient sur-le-champ. Elle embrassait Hector dans la pénombre, leurs étreintes étaient de moins en moins sexuelles ; ils s'aimaient dans leur solitude. Ils restaient enlacés, le plus longuement possible. À sa demande, elle laverait les vitres.

Ainsi serait leur vie.

Il était trop tôt pour revoir la famille et les amis (ils avaient feint un voyage aux États-Unis pour ne pas avoir à expliquer leur enfermement social)... Ils décidèrent de repeindre tout l'appartement en blanc et laissèrent, plus ou moins volontairement, la peinture déborder. Ils devinrent blancs pendant quelques jours. Des amants blancs sur fond blanc.

Leur amour était un art moderne.

Bien sûr, tout n'était pas si rose. Vivre à deux avec pour seule occupation un lavage de vitres de temps à autre était monotone. Faire un enfant aurait pu les combler, mais c'était trop long à venir, ils voulaient s'occuper tout de suite. À vrai dire, ils étaient dans une étape de reconstruction, et on ne pouvait rien prévoir dans ces moments de pansements. Toutes les autres collections de sa vie avaient toujours pris fin un jour ou l'autre, mais cette dernière semblait revêtir une aisance mythique. Il n'en finissait plus de vouloir voir Brigitte laver les vitres. C'était toujours le même mouvement, et pourtant si différent chaque fois. Le déplacé du poignet, le petit soupir entre ses lèvres, selon le jour et la saison, on ne lavait pas les vitres de la même façon. Sa collection s'enrichissait visuellement comme aucune autre. La pluie pimentait parfois le tout, l'orage faisait du lavage un art si délicat. Mais une fois l'excitation passée, on retombait dans toute l'étendue du malaise. On n'avait plus qu'à attendre la prochaine fois, la prochaine envie. Hector retrouvait l'état qu'il avait connu toute sa vie, cette perpétuelle angoisse du collectionneur, drogué aux prises d'un pouvoir dictatorial.

Brigitte devait quitter le domicile pour faire des courses, il fallait manger. Dans les allées des supermarchés, elle était une femme sans âge. Un garçon la draguait au rayon fruits et légumes, c'était une femme désirable, tant de mains auraient rêvé un instant de pénétrer son décolleté, de prendre son sein pour y oublier ses doigts. Ce dragueur de supermarché proposait de lui offrir un verre, donc de la sauter dans un motel minable. Elle s'imaginait les cuisses écartées, sûrement elle aurait pris un peu de plaisir, comme ça, par hasard. Certains visent avec chance. Et puis après, plus rien, ils ne parleraient pas de littérature ; et quand il ouvrirait les rideaux, il ne broncherait pas devant les vitres forcément sales de tout motel. Ça l'ennuyait par avance. Elle voulait laver des vitres.

Hector aussi sortait. Il adorait prendre la sixième ligne du métro. Il y avait beaucoup de moments aériens dans cette ligne. Il trouvait que les vitres des wagons étaient sales. En imaginant sa femme lavant ces vitres, il se remémora à quel point il était gênant d'avoir une érection dans un lieu public. Il y avait là de quoi se réjouir (une certaine idée d'un retour à la vie). Toutefois, dans les tunnels, il ressentait des bouffées de chaleur. Il avait l'impression de devenir lui-même ce métro qui se faisait avaler par les trous noirs. Hector descendit à la station suivante. Le hasard fit que cette station s'appelait « Montparnasse-Bienvenüe ». Sans ce petit mot de bienvenue, il aurait sûrement mis fin à ses jours. C'était une station nominalement humaine, un des rares endroits sous-terrains où, face au vide, on n'avait pas la peur physique de se faire pousser dans le dos.

IV

Lentement, leur vie reprenait vie. Ils essayaient de rire de la tournure de leur histoire. On se faisait un petit lavage, et on se couchait. Hector retrouvait une allure digne d'homme semi-moderne. Ils avaient officiellement annoncé leur retour de voyage, tout allait recommencer dans une belle clarté. Enfin, ils pourraient assouvir l'étrange fantasme de Brigitte. Ils n'avaient pu le faire précédemment puisque ce fantasme nécessitait d'être invité chez des amis. Ils avaient choisi Marcel et Laurence (mais avaient-ils vraiment d'autres amis ?).

Marcel ouvrit le plus largement possible les bras, dans la mesure où les murs le permettaient. Laurence, toute pétillante, accueillit le couple en coup de vent car elle était encore très occupée en cuisine (un rôti). Hector, déjà gêné, appréhendait la soirée. Mais sa femme lui offrait tellement de lavages qu'il n'avait pas vraiment le choix. Brigitte semblait subitement perverse, sur son visage on pouvait même repérer quelques sourires de femme facile. On eût dit qu'elle avait toujours mené ce genre de cérémonie et, suffisamment sûre d'elle, elle prit le temps de détendre son partenaire. Pour cela, elle n'eut d'autre alternative que de faire ce qui suit : alors que les deux couples sirotaient un punch marcellien, un zeste de citron et trois zestes de surprise, elle s'extasia sur un si bel appartement. Laurence, même si elle était une sportive de haut niveau, ne restait jamais insensible aux compliments concernant sa façon de tenir une maison. Elle se sentit fière qu'une femme la respectât. Mais très vite ce sentiment se fracassa sur une autre constatation de Brigitte :

« En revanche, si je peux me permettre... Je trouve que vos vitres ne sont pas tout à fait propres. »

Hector cracha son punch. Marcel se mit à rire jusqu'au moment où il croisa le regard noir de Laurence. Après avoir presque joui des compliments concernant son intérieur, elle se prenait de pleine face une remarque à propos de ses vitres. Elle balbutia qu'effectivement le temps lui avait manqué... Enfin, oui, elle avait négligé... Bref, elle demandait pardon. Brigitte lui dit que ce n'était pas grave du tout, et s'excusa de sa franchise, mais c'était le propre de l'amitié, la franchise, non ? Brigitte, lancée sur son audace, se leva vers la vitre.

« Si ça ne vous dérange pas, je vais juste passer un petit coup de pschitt pour que ce salon soit parfait...

— Mais tu es folle ! s'insurgea Laurence. C'est à moi de le faire ! Nous sommes chez moi ! »

Dans une pulsion qu'il ne put réprimer, Hector cria : « Non, laisse Brigitte laver les vitres ! » Puis, comprenant l'étrangeté de son propos, et aussi la façon subite avec laquelle il s'était enflammé, il reprit moins fier : « Oui... Heu... Elle aime ça... laver les vitres... Voilà, c'est juste que ça ne la dérange pas... Enfin, vous voyez... »

Ce qu'ils voyaient, Laurence et Marcel, c'était qu'ils avaient invité à dîner d'étranges maniaques.

Brigitte avait pleinement réussi son coup. Hector était subitement excité, et prêt à assouvir le fantasme de sa femme. Mais en se retournant, elle fut face à trois visages immobiles. Marcel et Laurence la fixaient d'une manière intense. Il était étrange que son attitude, certes osée, provoquât autant d'effet sur ses hôtes. D'accord, ça ne se faisait pas trop de critiquer la propreté d'un lieu où l'on est invité ; encore moins de vouloir y remédier. Mais voilà, c'était presque un jeu, il n'y avait pas de quoi se figer. Personne ne parlait, alors elle se sentit obligée de se justifier : « Non, mais, c'était juste pour rire ! » Subitement, Marcel et Laurence se déridèrent, et revinrent à la réalité sans trop savoir ce qui leur était arrivé. Ils se mirent à rire, en comprenant l'humour de Brigitte. On passa à table.

Hector n'avait plus très faim. Sa femme l'avait trop excité, et après plus rien. On devait dîner, alors qu'il était resté sur ce lavage inachevé, ou tout du moins trop expéditif. Heureusement, socialement s'entend, le sujet du dîner portait pour l'instant sur les États-Unis. Sujet qu'ils déroulaient machinalement, comme au bon vieux temps de leur mythomanie. Et puis le rôti était presque prêt, alors, fidèle au rituel, Laurence appela Hector en cuisine. Il se leva en soufflant, résigné à se faire tâter les testicules. Comme d'habitude. De plus en plus excité, il prit cette fois-ci les devants, et posa sa main sur les seins de Laurence. Choquée, outrée, elle le gifla sur-le-champ : « Non mais, ça ne va pas ! Gros porc !... » Il resta sans voix et embarqua le rôti. Encore tout ébaubi sur le chemin le menant à la table, il n'en

revenait pas de ce qu'il venait de découvrir : la nymphomanie est un sens unique.

Brigitte avait lavé les vitres, Hector chaud
bouillant s'était pris une surprenante gifle, ce dîner
paraissait bien prometteur. Et le fantasme n'était
toujours pas en marche. Le fantasme somnolait tout
près du dessert. Avant, il fallait digérer ce rôti un
tantinet sec. Mais avec ce qui avait été dit à l'apéritif, il était hors de question de critiquer quoi que
ce soit. Tout était exquis, mais pourrait-on, pour la
douzième fois ce soir, avoir encore un peu d'eau ?
« Vous trouvez ça sec ? s'inquiéta Laurence. — Bien
sûr que non », répondirent en chœur des gorges
sèches. Ce rôti, on l'aurait bien noyé dans un océan
de sauce avant de le manger. Enfin, le dessert acheva
ce dîner piteux par une île flottante en forme d'apothéose médiocre. L'île proprement dite luttait pour
ne pas couler et Marcel, en amateur de bons mots,
rebaptisa la chose en Titanic flottant.

Brigitte hésitait ; elle n'était plus vraiment certaine de vouloir assouvir son fantasme. Surtout, elle
ne pouvait assurer que cette envie sensuelle n'était
pas uniquement une réponse au lavage. Une façon
vitale, selon elle, d'équilibrer leur couple. À vrai
dire, en se remémorant tous ces moments érotiques
dans la pénombre de sa chambre d'adolescente
pucelle, ces moments où elle se touchait de manière
encore imprécise, il lui arrivait d'avoir d'étranges

images en tête. Elle imaginait un homme qu'elle aimerait, un homme qui par amour pour elle serait capable de... Non, ce n'était pas possible qu'une telle chose ait pu lui passer par la tête... Chacun avait son fantasme, se répétait-elle en buvant encore un peu de ce punch heureusement traître. Le vertige progressant, elle prenait de l'assurance, et son désir crescendo, pour une fois, n'agoniserait pas dans la frustration...

Elle fit un signe à Hector.

Alors.

Alors, il se leva subitement, et commença à se déshabiller.

En prévision de ce qui était prévu, il s'était vêtu d'une simple chemise et d'un pantalon sans ceinture. Ainsi, il fut nu en quelques secondes. Terriblement gêné, il lança un regard amical à Marcel. Ce dernier qui avait recueilli les confidences du lavage ne fut pas vraiment surpris. En revanche, Laurence surjoua la prude (décidément) en se cachant les yeux. Le sexe d'Hector était un sexe assez court, peu encombrant. Brigitte était de plus en plus excitée à l'idée que son homme fût la cible des regards (Laurence avait quand même retiré ses mains pour analyser l'anatomie hectorienne).

« On peut te demander ce qui t'arrive ? demanda Marcel.

— Rien... C'est juste que je voulais avoir votre avis sur mon sexe. Il n'y a qu'à des amis que je peux me permettre de demander ça. C'est très gênant pour moi, mais j'aimerais que vous soyez francs...

— Écoute, tu nous prends de court...

— Ah, je m'en doutais... vous le trouvez petit ?

— Mais non, ce n'est pas ça, rassura Marcel. C'est juste qu'on n'a pas beaucoup de points de comparaison. Moi, je n'en ai pas vu beaucoup à part la mienne... Et Laurence, je crois pas qu'elle en ait vu plus de deux avant moi... »

Laurence manqua de s'étouffer. Puis s'énerva :

« Bon, je trouve ces manières très déplacées ! Tu viens dîner chez nous, on n'est pas dans un club échangiste ! Mais si tu veux tout savoir, ton sexe est dans la moyenne, ni plus ni moins... Il est sans intérêt, n'a aucune qualité particulière... Il me paraît un peu flétri sur sa zone pré-testiculaire... *(s'emballant subitement :)* Le gland est quant à lui légèrement dichotomique... Tu m'as tout l'air d'être un éjaculateur précoce... Enfin, je ne peux en être tout à fait sûre... *(en criant :)* En tout cas, t'es un sprinter ! Pas de doute là-dessus ! C'est une bite de sprinter ! »

Elle s'arrêta subitement en considérant les visages hallucinés de ses convives. Mais, très vite, l'étrangeté de ce moment fut engloutie dans l'étrangeté de cette soirée. On n'avait plus l'énergie de s'arrêter sur des détails (enfin...).

Hector guettait du regard un signe de sa femme ; elle lui permit de se rhabiller. Sur ce, ils se levèrent et partirent en remerciant chaleureusement pour cette délicieuse soirée. À vrai dire, ils n'allaient pas s'éterniser après leur acte terroriste. Et puis, comme souvent, une fois les sexes dévoilés, on n'avait plus grand-chose à se dire. Marcel et Laurence mirent la subite extravagance de leurs amis sur le dos de leur récent voyage aux États-Unis. Les Américains ont dix ans d'avance sur nous, affirma Marcel. Je ne serais pas étonné que bientôt les hommes montrent leur chose à la fin de tous les repas.

L'été prochain, ils partiraient sûrement à Chicago.

Ainsi le fantasme de Brigitte était qu'Hector montrât son sexe. Plus précisément, son fantasme était que la bite de son mari soit un sujet de discussion, que tout le monde l'analyse comme un insecte sous une loupe. Elle avait aimé son petit visage tout gêné de petit homme chéri. Il avait été si brave qu'elle laverait les vitres toute la nuit s'il le voulait. Chacun avait assouvi son fantasme. Ils étaient enfin un couple comme les autres (allaient-ils envisager l'achat d'un pavillon en banlieue ?). Ils décidèrent de rentrer à pied. Sous la lune, ils marchaient main dans la main, en croisant tous ces autres couples amoureux qui marchaient main dans la main. Paris est une grande ville pour tous ceux qui s'aiment d'un amour si commun. Minuit. La tour Eiffel scintillait avec précision, derrière la magie il y avait toujours des fonctionnaires. Et c'est au bord de la Seine qu'Hector eut l'intuition suivante :

« Est-ce que c'était vraiment ton fantasme ? »

Brigitte se mit à rire.

« Bien sûr que non, ce n'était pas un fantasme !
Mes fantasmes sont bien plus simples que ceux-
là... Mes fantasmes sont de faire l'amour dans un
cinéma ou un ascenseur... J'ai juste voulu savoir ce
que tu étais capable de faire pour moi, par amour...
Après tout, je vais laver les vitres toute ma vie pour
t'exciter... petit pervers ! Alors, je voulais vérifier si
tu le méritais... Allez viens, j'ai l'impression que les
vitres sont sales chez nous... »

V

Tout était comme au temps des meilleurs jours.
Hector voulait emmener Brigitte à la Bibliothèque,
respirer le fœtus de leur amour. Devant l'*Atlas des
USA*, leurs mains se retrouveraient naturellement.
Les mains n'avaient pas de cerveau mais une
mémoire de l'amour. À l'entrée, ils se séparèrent
pour pouvoir créer un hasard devant leur livre. Brigitte pensa à ce livre de Cortázar où les amants
marchent dans la rue jusqu'au moment où ils se rencontrent — enfin. Elle l'avait lu le jour de ses dix-
huit ans, alors qu'elle était en vacances chez un
oncle un peu gros. En passant devant tous ces étudiants, elle effleura sa jeunesse en souvenir. Sa vie
lui paraissait surréelle, et pourtant en contemplant
toutes ces nuques statiques, elle comprit à quel
point elle aimait cette vie qui sortait de l'ordinaire.
Le surréel était une langue qui la chatouillait dans

le cœur. Elle se mit à marcher plus vite, c'était ce moment où, dans les films, on cadre sur l'héroïne. Plus rien alors n'existe que le mouvement des jambes. La musique gâche toujours ces scènes. On devrait interdire la musique sur les femmes, le silence est leur mélodie.

Ils se redécouvrirent devant le livre, et s'embrassèrent devant les reliures rouges.

Souvent, il suffit d'être un peu heureux pour ne plus s'apercevoir du malheur des autres. Dans le cas présent, il s'agissait plutôt du contraire. Depuis qu'il avait compris la douleur de son frère, Ernest s'était rapproché de lui. Le jour de l'anniversaire, il n'avait pas cru à l'alibi de la chute (tant de fois, il avait été témoin des dérives de son petit frère). Hector lui avait tout raconté. En le persuadant qu'ils étaient un couple comme les autres, Brigitte lui avait ôté toute culpabilité. Il était maintenant capable d'évoquer sa fascination pour le lavage de vitres. Drôle de fantasme, pensa Ernest. Hector précisa alors qu'il s'agissait encore et toujours de la collectionnite. Régulièrement, sa femme assouvissait ses désirs pour lui permettre de survivre.

« Tu es le plus heureux des hommes ! » s'extasia Ernest.

Hector parut surpris, et demanda si Justine ne le satisfaisait pas sexuellement. Pour la première fois, ils avaient une discussion sur leur rapport avec les femmes. Ernest, en voulant parler de lui, se mit à bégayer. L'apparence de sa vie réussie se transforma en une masse incertaine, presque floue. Il ne s'était jamais autorisé à être un sujet de discussion. À vrai dire, il n'avait jamais trouvé un être humain capable de jouer le rôle de meilleur ami. Alors son frère nouvellement épanoui le poussa à se confesser.

Justine n'était pas le problème. Justine avait un corps qui eût fait fantasmer n'importe quel adolescent, et n'importe quel homme se prenant éternellement pour un adolescent. Elle avait une façon assez rare d'être dans un lit. Mais le temps, dans sa tragédie la plus cliché, avait anéanti leurs jeux érotiques. Ernest se mentait ; il savait qu'il s'agissait moins de l'usure du temps que de son amour inaltérable des femmes. Il l'avait trompée avec Clarisse, et les traces des ongles avaient failli mettre un terme à leur mariage. Peut-être les choses auraient-elles dû se passer ainsi ? Par faiblesse (le mariage rend faible), par peur d'une certaine solitude propice à toutes les dérives, ils s'étaient retrouvés. Elle lui avait pardonné, ce qui voulait dire qu'elle n'avait pas réussi à imaginer sa vie sans lui. Cet écart sexuel fut la seule fois où elle avait su que son mari la trompait. Elle restait persuadée que cette femme avait été sa seule maîtresse. Elle se trompait ; Ernest n'avait cessé de se créer toutes sortes d'histoires pour vivre. Obsédé par les femmes, leur mouvement et leur grâce, il ne se souvenait pas d'un seul instant dans sa vie où une femme, inconnue ou presque connue, ne l'avait pas hanté. Pendant ses pauses-déjeuner, il lui arrivait de marcher dans la rue juste pour voir les femmes marcher. Cette tyrannie à l'air libre faisait de lui un esclave assis dans la dictature sensuelle.

Pourquoi lui racontait-il tout ça ? Hector trouvait cette histoire assez commune. Il pensait qu'il n'y avait rien de pathologique à une telle passion, que beaucoup d'hommes aimaient les femmes d'une manière excessive, hystérique. Il ne comprenait pas qu'Ernest l'enviât dans sa passion fixe. Sa passion pour le lavage était incroyablement monogame. Non seulement, il n'aimait que sa femme, mais en plus, il aimait en elle une action précise ! Pour tous les hommes épuisés par le mouvement incessant des talons aiguilles, Hector pouvait apparaître comme un mythe de repos. Ce qu'il considérait comme une tyrannie pathologique était un paradis aseptisé. Ernest rêvait d'aimer Justine à la folie quand elle laverait les vitres. Il voulait, lui aussi, tâter de la fascination sensuelle sédentaire.

Se retrouvant seul, Hector eut un sentiment de dégoût. Les gens qu'on admire n'ont pas le droit de nous proposer leur faiblesse. Ce frère qui avait été un référent venait de s'envoler comme l'air d'un ballon crevé. Sa femme l'avait déculpabilisé, son frère venait de le mythifier, lui qui avait été la dernière roue du carrosse social devenait subitement un homme stable. À ce rythme-là, on ne tarderait pas à le considérer comme charismatique. Un homme stable, l'expression le fascinait. Bientôt, on lui demanderait des conseils, et il saurait y répondre. Il lirait les pages saumon du *Figaro*, et voterait enfin à droite. Alors qu'il divaguait gentiment (il faut croire qu'ils s'étaient passé le mot), Gérard débarqua à l'improviste.

« Ma sœur n'est pas là ?

— Non, Brigitte n'est pas là.

— Ça tombe bien, c'est toi que je venais voir. »

Avant, personne ne venait jamais le voir à l'improviste.

Hector et son beau-frère ne s'étaient pas vus depuis la fameuse affaire du chantage ayant eu pour conséquence une torture. Cet épisode, il va de soi, n'avait jamais été connu de personne d'autre ; les ennemis dans la violence s'unissent souvent dans le silence. Ils conservaient tous deux un merveilleux souvenir de leur après-midi sportive, et extra-sportive. Ils se serrèrent dans les bras, un instant assez long dans ce samedi. Gérard scruta le visage d'Hector et, en fin connaisseur, admira sa grande capacité à cicatriser. Il n'existait pratiquement plus aucun souvenir du passage à tabac. Y compris pour les dents puisque deux nouvelles dents avaient propulsé dans l'oubli, par le charisme de leur calcium, celles qui avaient été cassées.

Hector proposa un café, ou n'importe quelle sorte de boisson qui prouverait son élan convivial. Gérard, depuis plusieurs semaines, avait beaucoup réfléchi. Son cerveau n'ayant pas l'habitude d'un tel emploi frôla une surchauffe presque dangereuse. Le motif de ses réflexions : le mensonge de sa vie. Ce n'était plus possible de continuer ainsi ! On n'avait pas le droit de se faire aimer et admirer pour de fausses raisons. Avant la menace de son beau-frère, il avait pourtant oublié qu'il s'agissait du pur produit de sa mythomanie. À force de rabâcher ses faux exploits, il s'était persuadé qu'il avait gagné Ouarzazate-Casablanca. Si tout le monde le croyait, ça devait forcément être vrai. Et puis, il y avait les amis du photomontage (les voisins) : eux aussi, ils utilisaient la photo pour prouver leur présence sur le podium de la fameuse course. Alors, tous les trois, il leur arrivait de se remémorer la course, inventant à chaque fois des détails de plus en plus rocambolesques. Comment ne pas y croire dans ces conditions ? Jusqu'au jour où Hector était venu ébranler le mythe de sa vie. Après l'agression, il ne pouvait plus se regarder dans un miroir ; de l'autre côté, on ne trichait pas. C'était un problème de confiance en soi. Il demeurait persuadé que sa vie, sans cet événement, ne valait rien aux yeux des autres.

Aux yeux des autres.

Hector reprit mentalement cette expression. Tout lui paraissait d'une grande simplicité. Toute sa vie, lui aussi, en accumulant les objets les plus absurdes, avait voulu paraître important en se construisant *une identité matérielle.* Élevé par une moustache et une soupe, ses repères avaient produit du vent. Ouarzazate-Casablanca était une collection comme une autre. Chacun trouvait sa nourriture fantasmatique. L'Hector déculpabilisé expliqua à Gérard à quel point il ne devait rien dire. Il fallait assumer, et conserver les sources de ses bonheurs.

« Est-ce que tu es heureux quand tu parles de cette course ? »

Le visage illuminé de Gérard valait tous les discours. Il n'avait pas le droit, sous le prétexte absurde de la transparence, de s'amputer de sa plus grande jouissance. Car c'était sa façon de jouir, l'admiration qu'il suscitait dans le regard de ceux qu'il aimait. La recherche de la lumière pouvait paraître saine, mais elle ne rendait pas forcément heureux. Il ne fallait pas chercher à anéantir nos mensonges et nos pulsions. Les admettre pouvait suffire. Il repensait à son frère et à sa souffrance sous la dictature des femmes. Il pourrait trouver les mots, maintenant. Gérard observait le visage d'Hector. Après un silence, il confirma qu'il ne fallait surtout rien avouer. C'était le conseil de celui qui avait voulu le dénoncer ! C'était à ne plus rien y comprendre. Et c'était une sensation que Gérard connaissait bien, ne rien comprendre.

Convaincu par son beau-frère, Gérard respira un bon coup en jugeant bien absurde ces semaines passées dans l'interrogation. Au fond, il savait très bien qu'il n'aurait jamais pu avouer. Comme dans l'affaire Romand, il eût été dans l'obligation de fusiller ses parents en leur avouant la vérité. Sa sœur rentra enfin. Il la trouva belle, mais il ne parvint pas à en déduire qu'elle s'épanouissait complètement. C'est vrai qu'elle se sentait de mieux en mieux. Brigitte se jeta sur son frère, si heureuse de le revoir. Elle lui tâta les muscles, et considéra que sa récente disparition résultait d'une grande occupation à peaufiner sa condition d'athlète de haut niveau. Il répondit qu'elle avait complètement raison, non sans avoir jeté discrètement un coup d'œil vers Hector. Ce dernier lui fit un signe complice. Quand on vit sur un mensonge bien huilé, les choses roulent très facilement. Les autres passent leur temps à faire des hypothèses, à poser des questions, si bien qu'il suffit au menteur de dire oui ou de dire non.

Brigitte, en sublime femme d'intérieur, n'était jamais prise au dépourvu quand un invité familial s'invitait. Il y avait toujours deux trois bricoles (expression coquette) qu'on pouvait réchauffer à la va-vite. On l'entendait même rire en cuisine, seule et si heureuse. Ne frôle-t-elle pas un peu l'hystérie ? se demanda son mari. Et puis, il pensa à autre chose, pour ne pas dévier vers une envie de lavage qui eût été gênante devant Gérard.

Le téléphone sonna.

« Je suis en cuisine, peux-tu y aller, mon amour ? »

Hector se leva. C'était Marcel. Il n'était donc pas fâché pour le dîner nudiste, quel soulagement ! Hector n'avait pas osé appeler après ce qui s'était passé, bien trop embarrassé pour expliquer toute l'histoire. La voix de Marcel était incroyablement pétillante. Laurence était toute proche puisqu'on entendait son souffle fort... Elle chuchota : « Alors, qu'est-ce qu'il dit ? » Marcel avait bouché le combiné pour répondre à Laurence : « Mais attends, comment veux-tu que je lui parle, si tu me colles comme ça ! Laisse-moi d'abord détendre l'atmosphère ! » Si Marcel avait toujours été incroyablement sympathique avec Hector, la conversation qui s'annonçait semblait surpasser tous ces moments de sympathie. On pouvait carrément dire que Marcel cirait les pompes de son ami. Il disait que ça faisait un bail qu'ils ne s'étaient pas vus, qu'il lui manquait, qu'il faudrait un jour se faire un voyage à quatre, et bientôt un nouveau dîner (pas une seule allusion à la scène d'exhibition), etc. Enfin, il demanda comment allait Brigitte. Marcel s'arrêta et reprit son souffle. Oui, comment va-t-elle ? Hector avoua qu'il avait décelé chez sa femme un début d'hystérie, et il rit. Marcel se jeta aussitôt sur ce rire pour rire aussi. Enfin, il osa demander : « Voilà, Laurence et moi, on aimerait bien... enfin, ça peut te paraître bizarre... que Brigitte revienne laver les vitres chez nous... » Hector partit dans un fou rire, c'était incroyable d'avoir des amis aussi drôles. Et en voyant Brigitte sortir de la cuisine, il raccrocha car ils devaient manger.

Une fois à table, Brigitte demanda ce qu'ils voulaient et, surtout, s'ils n'étaient pas fâchés pour l'autre soir.

« Non seulement ils ne sont pas fâchés... Mais, Marcel vient de me faire une blague en me demandant si tu ne voulais pas aller laver les vitres chez eux !

— Ah c'est drôle ! Ils se vengent... »

Gérard ne comprenait rien à cette discussion, alors il reprit les choses en main, et évoqua, à tout hasard, Ouarzazate- Casablanca.

VI

Brigitte rendit visite à ses parents. Elle essayait d'aller les voir une fois par semaine. Quand Hector n'allait pas lui-même voir sa mère, il l'accompagnait toujours avec plaisir. Ses beaux-parents auraient été des parents idéaux. Simples, gentils, attentionnés, on pouvait même discuter avec eux de choses et d'autres. Depuis quelques mois, ils avaient terriblement vieilli. Surtout le père qui ne pouvait pratiquement plus marcher. Toute sa vie, il avait adoré quitter le domicile conjugal pour faire des promenades, plus ou moins longues. Il allait souvent fumer des cigarettes dans les cafés, et jouer aux cartes en racontant des stupidités sur les femmes. Sûrement, son couple avait tenu grâce à ses escapades. Ne pouvant plus marcher, ce qui le gênait le plus était incontestablement de voir sa femme toute la journée. La vieillesse réduit l'espace vital des couples. On finissait l'un sur l'autre, comme si on se préparait pour la concession. À cet âge où l'on n'a plus grand-chose à se dire, il fallait enchaîner les banalités. Brigitte, lors de ses visites, se transformait en arbitre. Elle attribuait les bons points, et ne cherchait pas vraiment à les réconcilier. Son père parlait de moins en moins, elle souffrait de ne plus trouver de sujets de discussion qui l'intéressaient. Il ne voulait jamais parler du passé. Ni du présent ni du futur finalement. Alors, elle le regardait, cet homme vieux qui était son père. Son visage plissé par une peau aussi rac-courcie que le temps qui lui restait à vivre. En l'ob-servant, bien loin de déprimer, elle pensait plus que jamais qu'il fallait profiter de la vie. Le visage de son père, dans sa décrépitude, avait sûrement pesé dans son attitude pendant sa crise conjugale.

Brigitte débarquait toujours d'une manière très vivante ; et, avant de replonger dans le rien de son quotidien, son père soupirait : « Ah, c'est ma fille ! » Elle sortait faire des courses avec sa mère, elle apportait toujours des cadeaux pour faire vivre le lieu. Lors de sa dernière visite, la mère de Brigitte avait évoqué leur envie de quitter la France, pour aller dans une maison de retraite à Toulon. Ce serait nettement plus compliqué pour elle et son frère d'aller les voir ; n'était-ce pas une stratégie d'éloignement, comme un ultime palier avant la mort ? Elle ne voulait pas trop y penser, elle restait sur des choses concrètes. Elle reparlait de Mme Lopez, l'adorable femme de ménage que sa mère avait virée pour un motif relativement flou : « Elle ne sait rien faire comme il faut ! » C'était peut-être une façon de se punir de ne plus être capable de le faire. Brigitte s'énerva et dit qu'il fallait vraiment trouver quelqu'un d'autre. Ils n'allaient quand même pas s'enfoncer dans la crasse ? Elle demanda à son père ce qu'il en pensait, il s'en foutait royalement. Alors Brigitte n'eut d'autre alternative que de passer un petit coup d'aspirateur, et de faire la poussière sur les meubles. Quand elle constata la saleté des vitres, elle n'osa pas. Elle se mit à sourire, surtout en pensant au dîner chez Marcel et Laurence. Et puis, elle se lança. Le contexte était tellement différent !

En voyant sa fille s'activer, son père s'énerva sur sa mère : « La semaine prochaine, je ne veux rien savoir, mais tu rappelles Mme Lopez ! » C'était exactement ce que Brigitte voulait, remettre de la vie dans ce lieu, que son père s'investisse à nouveau dans le quotidien. Elle lavait tellement bien les vitres que sa mère en fut surprise... Elle pensa à l'expression « on dirait qu'elle fait ça tous les jours » sans savoir à quel point elle avait raison. Son mari lui demanda gentiment à boire ; cela faisait au moins trois décennies qu'il n'avait rien demandé *gentiment* à sa femme acariâtre. Sa gorge était subitement devenue sèche. Elle aussi avait soif. Pourtant, il lui semblait avoir bu un grand verre d'eau cinq minutes auparavant.

Après deux minutes d'un lavage effectué avec une grande efficacité, Brigitte tourna la tête. La vision lui rappelait celle de Marcel et Laurence. Ses parents, pour la première fois depuis si longtemps, étaient assis côte à côte. Réellement unis dans la contemplation.

« Que tu es belle, ma fille ! » lança la mère.

Le père, lui, se sentait gêné, encombré par une sensation aussi douce que malsaine. Il ne pouvait pas se permettre de l'avouer — c'était sa fille adorée — mais il lui semblait bien avoir ressenti une légère excitation. Elle avait une façon de laver les vitres si douce, si... comment dire... enfin... si...

« On n'est peut-être pas obligés de rappeler Mme Lopez... si ça ne te dérange pas trop, ma chérie... tu pourrais laver les vitres de temps en temps... »

Brigitte avait perçu dans le ton de son père une fragilité émotionnelle. Sa fébrilité était incroyablement touchante. Brigitte accepta de le faire. Elle avait ponctué son accord d'une moue délicieuse, à la manière des chipies toujours pardonnées. Après avoir lavé les vitres, elle embrassa avec tendresse ses parents. Elle sentait qu'il s'était passé quelque chose d'étrange. On aurait pu croire à partir de cet instant

169

qu'ils allaient être enfin heureux. Son père fit un effort, qui lui avait paru jusqu'ici inhumain, en se relevant de son fauteuil pour se dresser aux côtés de sa femme ; sur le perron, et ensemble, ils faisaient des signes pour dire au revoir. Sur le chemin du retour, Brigitte laissa de douces pensées dériver en elle. Il lui semblait — et c'était une lubie sublime — qu'elle possédait subitement le don de retenir ses parents à la vie.

VII

Il y avait en elle un nous-ne-savons-quoi d'incroyablement érotique. Brigitte lavait les vitres comme personne. Après l'émotion d'avoir vu ses parents dans une telle vapeur heureuse, elle admit l'étrangeté de ce qui s'était passé. Après son mari accro, et ses amis qui voulaient la faire revenir, c'était la troisième fois qu'elle provoquait un plaisir proche de la jouissance en lavant les vitres. Son père avait eu le même regard qu'Hector. Elle avait ressenti une gêne aussitôt chassée : inconsciemment, elle se savait seule responsable de la fascination passagère qu'elle suscitait. Chaque humain devait posséder un potentiel érotique fabuleux, mais rares étaient ceux capables de le trouver. Après son adolescence frustrante, et ses premières années de femme où elle s'était crue incapable de plaire à un homme, elle était devenue une puissance sensuelle. Lentement, l'excitation montait. Tout s'expliquait. Les gens l'observaient dans la rue, elle sautillait, et une seconde après, elle ne bougeait plus. Il était probable qu'on la jugeât folle.

Hector ne voulait pas faire de sieste aujourd'hui. Il essayait, en vain, de trouver une occupation originale. Heureusement, Brigitte rentra en criant : « Je suis incroyablement érotique ! C'est de ma faute ! » En homme de la maison, Hector prit ses responsabilités. Il caressa les cheveux de sa femme. Il fallait tout de suite la rassurer ; n'avait-il pas décelé chez elle un début d'hystérie ? C'est vrai qu'elle n'était pas très claire ; tout s'emmêlait dans son cerveau, elle essayait d'expliquer à son mari qu'il n'avait jamais replongé. Depuis leur rencontre, et comme il l'avait espéré, il n'était plus atteint de la collectionnite. Il essaya de la faire asseoir, et de lui servir un bourbon assez âgé, mais rien à faire, elle le secouait en répétant : « Mais tu ne comprends pas ? » Il bougeait la tête en s'inquiétant. Elle avait enfin tout compris (les femmes) alors il lui fallait encore un peu de temps pour comprendre (les hommes).

*

Hector n'avait donc jamais replongé. En rencontrant Brigitte (le corps de la femme, unique), il s'était guéri de la collectionnite. Mais, étrangeté romanesque, il était tombé sur la seule femme qui possédât un incroyable potentiel érotique en lavant les vitres. En voulant revivre coûte que coûte ce moment, en allant jusqu'à filmer le moment majeur, il s'était cru irrémédiablement atteint alors qu'il n'avait jamais été autant un homme comme les autres.

*

On ne pouvait aimer follement, et désirer accumuler d'autres objets. Hector en avait toujours été persuadé. Il était un homme rassuré qui venait d'apprendre, ce jour où il cherchait à éviter une sieste, la fin de sa maladie. À partir d'aujourd'hui, Brigitte ne laverait plus jamais les vitres ; il fallait se sevrer. Le couple étudia les méthodes possibles, et six mois plus tard, Brigitte ne lavait plus les vitres pour assouvir les désirs de son mari (ils avaient utilisé une technique américaine qui consistait à espacer progressivement les lavages (les Américains avaient l'art de considérer comme américaines les techniques évidentes)). Il arrivait à Brigitte, sans le dire à Hector, de laver les vitres pour son plaisir, comme ça, une sorte de masturbation. Ces jours-là, en rentrant, il sentait que les vitres étaient propres ; ses anciens réflexes. Il essayait de ne pas y penser, ce n'était pas toujours facile. Le couple soudé affrontait de temps à autre des débuts de rechute, et les anéantissait avec grâce.

Tout était du passé, maintenant.

Brigitte et Hector formaient une union stable qui avait résisté à de terribles péripéties. Ils étaient beaux (en tout cas, ils se plaisaient l'un à l'autre), ils étaient relativement riches, ils n'avaient plus de véritables problèmes psychologiques (subsistaient par-ci par-là deux trois phobies mais qui ne mériteraient certainement pas un livre), et ils avaient refait la peinture de leur appartement peu de temps auparavant. Alors le projet vaguement évoqué à plusieurs reprises et toujours repoussé réapparaissait enfin au bon moment : le projet de faire un enfant. L'expression paraissait lourde, terrifiante. On appelait ça le fruit de l'amour. Pour faire un enfant, il fallait d'abord faire l'amour. Brigitte calcula les bonnes dates en expliquant à Hector qu'on procréait toujours mieux le jeudi. C'était un jour qu'il aimait bien. Il se reposa bien le mercredi, et fit de grandes performances le jour dit.

Hector ne fut jamais aussi fier que ce jour où il apprit avoir visé juste. On fêta dignement l'annonce, et Brigitte allait grossir progressivement. Elle voulait manger des fraises, et avait la nausée. Hector n'aimait pas les fraises, ça lui donnait la nausée. Les futurs parents pensaient au futur de l'enfant, à ses études brillantes, et aux drogues douces qu'on lui permettrait peut-être de fumer. À partir du septième mois, Brigitte devint vraiment très grosse. On lui demanda si elle hébergeait une équipe de football (les gens sont souvent très drôles). Le couple restait tout le temps à la maison. Hector allait faire les courses, et dans les rayons du supermarché, il ne pensait même plus aux collections. Son enfant, il ne pensait qu'à son enfant. Ils avaient décidé de ne pas savoir le sexe. Pour la surprise. Hector avait une peur panique de tout ce qui concernait la biologie ; il n'avait pas accompagné sa femme pendant les échographies.

Et il était peu probable qu'il assistât à l'accouchement.

Mais, le jour venu, elle le supplia de rester à ses côtés dans la chambre de travail. Tout en sueur, et avec des palpitations cardiaques anarchiques, il surmonta bravement son angoisse. Sa femme pouvait être fière de lui ; puis, il pensa que c'était plutôt à lui d'être fier d'elle... Brigitte poussait des cris, les cuisses écartées. C'était donc ça, le miracle de la vie. La sage-femme annonça que le col était à moitié ouvert, ce qui voulait dire qu'il restait encore une moitié à vaincre.

Le col s'ouvrait donc millimètre par millimètre ; chaque humain, en arrivant sur Terre, faisait sa star. On était un événement, un heureux événement. L'enfant profitait de ses derniers instants de grande plénitude, et il avait bien raison car il y avait peu de chances qu'un jour il pût revivre ces mêmes sensations ; à moins de se baigner nu dans une eau glaciale après avoir bu trois litres de whisky irlandais. Hector sortit. Tout le monde était là : sa mère, les parents de Brigitte, Gérard, Ernest en famille, Marcel et Laurence... La maternité accueillait tous les personnages d'une vie. On soutenait Hector, on lui répétait que *les pères sont les aventuriers des temps modernes*. Il aimait bien cette formule ; il se demandait quel était le con qui avait pu dire une telle connerie, mais elle lui convenait. Et c'est vrai qu'il avait une tête d'aventurier avec sa barbe de trois semaines (il ne pouvait plus se raser car, par solidarité avec Brigitte, il avait préparé lui aussi sa valise pour aller à l'hôpital le jour de l'accouchement ; dans cette valise, il avait mis sa trousse de toilette). Il remercia tout le monde d'être venu, et il promit de repasser dès qu'on aurait du nouveau. Quel homme il était, on pouvait compter sur lui dans les grandes occasions. Il allait devenir père, et sentait que c'était un rôle à sa mesure.

Brigitte cria, alors on accentua la péridurale. Hector était de nouveau à ses côtés, il semblait serein. Il trouvait que sa femme était belle comme une femme qui va accoucher. Elle poussait de plus en plus fort. La sage-femme coupa une mèche de cheveux à l'enfant dont on apercevait le crâne gluant. Hector contempla cette mèche avec une si grande émotion... D'une manière ultra-fugitive, il ne put s'empêcher de penser à la collection de Marcel. Il s'agissait d'un réflexe de sa vie antérieure qu'il ne maîtrisait pas complètement ; même s'il ne collectionnait plus rien, il continuait de penser très souvent aux collections. Bref, ce fut l'espace d'une seconde, mais il pensa : si c'est une fille, voilà une mèche qui serait le joyau de la collection de Marcel... Et il se concentra à nouveau sur la progression de son enfant ; ce bébé si intelligent s'était parfaitement placé pour sortir. La seconde sage-femme appuyait sur le ventre de Brigitte pour aider l'enfant à sortir. Le crâne enfin apparut presque entièrement ; on eût dit un cône. Hector ne voyait rien encore de son enfant, et déjà il lui parut comme la grâce incarnée.

Accompagné de cris de poussée, l'enfant sortit et cria à son tour. On le posa sur le ventre de la mère... c'était une fille ! Hector versa les plus belles larmes de sa vie. Il sortit une seconde pour crier dans le couloir : « C'est une fille ! »

Il contempla la merveille qui poussait des petits cris dans les bras de sa mère. Ma fille, ma fille, Hector ne pouvait penser à rien d'autre. Il venait de se reproduire. Elle était vivante, sa fille ; vivante et unique. Il avait lu dans les livres spécialisés que l'enfant restait quelques minutes sur sa mère avant d'être emmené pour son premier bain. Étrangement, la scène n'avait pas duré plus d'une trentaine de secondes. La seconde sage-femme avait pris sa fille sans même lui demander de venir. Dans les livres, on racontait que le père, s'il était présent, donnait le premier bain au bébé. Et là, rien. On ne l'avait même pas regardé... Il avait à peine eu le temps d'observer sa fille. Il tenait toujours la main de Brigitte et, subitement, elle le serra très fort en criant. C'était comme si on avait fait marche arrière.

Dans la salle d'attente, toute la famille s'embrassait. Une fille, c'est une fille, on reprenait en chœur. Hector n'avait pas tort : on faisait marche arrière. Le cerveau embrumé, il ne pouvait encore préciser mentalement ce qui lui apparaissait comme un étrange concept. Brigitte qui frôlait l'épuisement était soutenue par une nouvelle infirmière, il lui fallait du courage. Elle écrasait la main d'Hector. Enfin, il put clairement exprimer l'évidence : des jumeaux ! Elle ne lui avait rien dit, mais elle n'était pas enceinte d'un seul mais de deux bébés ! Pour le coup, il manqua de s'évanouir. La sage-femme lui conseilla de s'asseoir. Son émotion gênait tout le monde. Il observa ainsi la naissance de son second enfant. Cette fois-ci, il s'agissait d'un garçon ! Hector embrassa sa femme, et comme pour sa première fille, on posa le bébé sur le ventre de la mère.

« Mais tu ne m'avais rien dit..., balbutia Hector.

— Non, c'était une surprise, mon amour. »

Hector se jeta dans le couloir, et cria : « C'est un garçon ! »

Cette nouvelle annonce plongea tout le monde dans la perplexité, et surtout Gérard qui tournait dans tous les sens cette folle équation : « Mais c'est une fille, ou c'est un garçon... On ne peut pas être une fille, et un garçon... Enfin, si parfois, ça peut arriver... Mais pas si jeune... Ou alors... » Il demanda une aspirine à une infirmière passant par là.

Ivres de bonheur, le père sur un nuage et la mère dans le cirage, les parents venaient de s'installer dans un autre monde. Hector voulut suivre son fils dans la salle où on le baignait mais, à nouveau, une sage-femme prit l'enfant. Dans un petit souffle, Brigitte avoua à Hector : « Je ne t'ai pas tout dit...

— Quoi ?

— Il s'agit de tripléééés ! »

Une contraction cisailla le mot. Et Brigitte se remit à pousser avec les quelques forces qui lui restaient. C'était une femme exceptionnelle, trois enfants d'un coup. Hector la regarda comme si elle était une extraterrestre. Il l'aimait d'un amour supérieur. Courageuse, elle mit au monde une seconde fille et, soulagée, fondit en larmes. La petite fille alla rejoindre son grand frère et sa grande sœur pour les examens médicaux et, quelques minutes plus tard, la sage-femme annonça que les trois bébés se portaient à merveille. Elle ajouta qu'elle avait rarement vu un accouchement de triplés se dérouler aussi facilement.

Les trois enfants furent placés côte à côte ; ils semblaient identiques comme les trois pièces d'une collection. Hector n'en revenait pas d'être le géniteur de ces trois êtres humains. Il embrassa sa femme, et dans ce baiser il déposa tout le courage qu'il leur faudrait. *Les pères sont les aventuriers des temps modernes*, il repensa à cette expression. Avec trois enfants d'un coup, il méritait au moins l'appellation de héros.

FIN

Novembre 2002-Août 2003,
Ouarzazate-Casablanca

DU MÊME AUTEUR

Aux Éditions Gallimard

INVERSION DE L'IDIOTIE

ENTRE LES OREILLES

LE POTENTIEL ÉROTIQUE DE MA FEMME (Folio n° 4278)

QUI SE SOUVIENT DE DAVID FOENKINOS ?

NOS SÉPARATIONS (Folio n° 5425)

LA DÉLICATESSE (Folio n° 5177)

LES SOUVENIRS (Folio n° 5513)

JE VAIS MIEUX (Folio n° 5785)

CHARLOTTE (Folio n° 6135), prix Renaudot et Goncourt des lycéens 2014

LE MYSTÈRE HENRI PICK, 2016 (Folio n° 6403)

Dans la collection « Livre d'Art »

CHARLOTTE, avec des gouaches de Charlotte Salomon (Folio n° 6217)

Aux Éditions Flammarion

EN CAS DE BONHEUR (J'ai lu n° 8257)

CÉLIBATAIRES, théâtre

LA TÊTE DE L'EMPLOI (J'ai lu n° 11 534)

LE PLUS BEAU JOUR, théâtre

Aux Éditions Grasset

LES CŒURS AUTONOMES (Le Livre de Poche n° 32 650)

Aux Éditions Plon

LENNON (J'ai lu n° 9848)

COLLECTION FOLIO

Dernières parutions

Composition CMG Graphics
Impression Novoprint.
le 15 novembre 2017.
Dépôt légal : novembre 2017.

ISBN 978-2-07-276759-3. / Imprimé en Espagne.

328253